まえがき―美佐子先生（1960年）

一九六〇年の四月、西戸山小学校の一年四組で僕は美佐子先生に会いました。正確には、美佐子先生の「先生の目」に出会ったのです。何の取りえもない、貧しい国家公務員の三男の僕を美佐子先生は三年間担任し、常に「先生の目」で見てくれました。（他の子達もですけれどね……。三年間持ち上がりだったのです。）貧しい国家公務員と書きましたが、日本中が貧しい時代でした。新宿区百人町にあった公務員住宅の一番古い記憶は裸電球と丸い卓袱台、そしてラジオと本棚と本だけでした。後は一階のベランダで飼っていた鶏。当時の我が家にはテレビも冷蔵庫も洗濯機も掃除機も電話もありませんでした。勿論、お風呂も……そういう時代でした。

お茶の水女子大学を卒業して、三年目に僕らを担任してくれた松本美佐子は僕らが二年生の時に向後美佐子になりました。その時の嬉しくて、ちょっと寂しい気持ちを今でも覚えています。大好きな先生が結婚するんだから嬉しいことなのに、先生がお嫁に行ってしまう……七歳の僕の初恋の相手は美佐子先生だったのかも知れません。

愛情一杯で誰にも公平な「先生の目」に僕は三年間、見守られて育ちました。そのことが、僕の「先生」に対する基準になっていることだけは間違いありません。今、考えるとかなり高い基準ですが……。

美佐子先生の「先生の目」に出会ってから、七年後。僕は西戸山中学校で河合隆慶に出会います。そして、河合先生の「先生の目」によって、僕は人生を変えられてしまうのです。勿論、正しい方向に……この「先生の目」は向後美佐子と河合隆慶という二人の偉大な先生によって、どうしようもない「超悪ガキ」が公立中学校の先生になってしまう……そんな物語です。

ベンツ（1964年）

東京でオリンピックが開催されるというので、日本中が浮かれていた時期だった。僕は新宿区百人町四丁目の公務員宿舎RCの11号室に住んでいた小学校の五年生。ラジオ以外には何もなかった我が家にもテレビが来て、お風呂が付いて、遂に電話もひかれた。我が家に電話が来たぞ！　03―368―1586。それまで呼び出しだったので、嬉しくて、嬉しくて今でもその番号を覚えている。

そして、オリンピックが東京にやってきたのだ。兄貴たちは中学生。学校でオリンピックを生で見に行けることになっていたのだが、小学校五年生の僕らはテレビでしか見られない。（なんで、中学生は見に行けて、六年生も見に行けて、俺たちはダメなんだよ！）そんな鬱憤をどこかで晴らしたかったのかも知れない。

ヒュー！　ボコッ……（当たった！）下を覗くと、黒い車から出てきた運転手が上を見上げていた。運転手の目と僕の目が合った。その顔は怒りに震えている。『逃げるぞ！』

運転手が僕らがいる屋上に上がろうと階段に向かって来るのが見えた。僕らは同じ階段を猛スピードで駆け下りて、階段の途中にある小さな屋根に飛び降り、息を殺して運転手を躱した。そして、その屋根から地面に飛び降りると、猛ダッシュで道路に飛び出した。

後ろを振り返ると屋根が凹んだベンツと階段の途中から真っ赤な顔で何やら怒鳴る運転手の姿が見えた。僕らはあっという間にチリヂリになった。悪戯をして、逃げる時の鉄則である。そして、暫くしてから、打ち合わせていた公園に集合した。

『もう大丈夫だ。』「本当に大丈夫?」『ああ、大丈夫だ。』防犯カメラが無いあの時代、僕らが捕まることはなかった。でも、もし捕まっていたら……考えるだけで冷や汗がでる。ベンツを修理するお金は我が家には無かったから……。

四階建ての公務員宿舎の屋上から、下を走る道路に向かって泥の塊を落とす遊びは、なかなか面白かった。人に当たったら怪我をするのは分かっていたので、当時は金持ちしか持っていなかった車の屋根を狙っていたのだ。泥なので、捕まらなければ指紋も残らない……それが、その日はたまたまベンツだったのである。

「たかむら君と遊んじゃいけません。」それが近所のおばちゃん達の口癖だったらしい。

当時の公務員宿舎の周囲で起こる悪戯や事件は大抵僕のせいにされた。

〝線路に侵入して置き釘〟〝地下の物置から物が無くなる〟〝ピンポンダッシュ〟〝玄関の牛乳やヤクルトが消える〟〝公務員住宅の屋上の縁を歩く〟〝アパートの郵便受けの中に2B〟〝山手線、貨物、西武線……上下で六本の線路を横断してタイムを競う〟〝火災報知機を鳴らして消防車を呼ぶ〟〝警察にいたずら電話〟〝線路わきの枕木を燃やして、山手線を止める〟挙げればキリがないが、その全てが「たかむら君」が首謀者だとおばちゃん達は信じていたようだ。実際には全部ではなかったのに……。九十％以上は僕だったのだが……。（注）２Ｂは今でいう爆竹。なんで２Ｂを郵便受けに入れたかと言うと……その家のおばちゃんが「ここで遊ばないで！　赤ちゃんが起きちゃうから！」と大声を出して遊んでいる僕らに注意をしたことに対する報復だった。『ここで遊ぶな？　ふざけんなよ！　俺たちを何だと思ってやがる。分かったよ。ここでは遊ばないでやるよ。お前の家で遊んでやる。』とポストに２Ｂを投げ込んだのだから、酷い小学生だった。家の中で２Ｂが爆発したら……赤ちゃんには本当に悪いことをしたけど、あのおばちゃんのことを当時の僕は許せなかったのだ。普通なら間違いなく警察に通報されていたんだろうけど、あのおばちゃんは黙っていてくれた。割合いい人だったのかも知れない。

小学校時代の僕はそんなことばっかりやっていた。勿論、勉強ができる訳もなく……遊びに熱中する余り、〝忘れ物の帝王〟と先生や友達から呼ばれるくらい忘れ物が多い子だった。図工の時間に人物画を描く授業などは絵の具を持って行ったためしがないので、常にモデル。だから、教室の廊下には僕の顔の絵がずらっと並んでいたものだった。きっと、当時の僕の頭の中は「遊び」や「悪戯」のことばかりだったのだろう。

そして、東京オリンピック。日本男子の体操の演技を見て、興奮した僕はブランコから飛び出して鉄の柵を二回捻って飛び越えたり、一回半捻って柵の上に飛び降りたりする競技を開発した。勿論、失敗すれば大怪我をするのだが、そんなことはお構いなしで危険な遊びに熱中していった。そして、ベンツの上に泥が落ちるのである。

初恋（1964年）

ハッキリと女の子を意識したのは五、六年の頃。二つ年下の加織ちゃんに僕は恋をした。加織ちゃんは公務員住宅のRCの一階に住んでいたが、加織ちゃんはRBの三階に住んでいた。加織ちゃんのお兄ちゃんの元紀君が僕の一つ上で、よく遊んだので、加織ちゃんとも一緒に遊ぶことが多かった。元紀君には千織ちゃんという綺麗なお姉ちゃんもいて、兄貴しかいない僕にはとっても羨ましい環境だった。加織ちゃんは超可愛かった。足が学年で一番速くて、頭もよかった。そして、僕に優しかった。当時の僕には理想の女の子だったのだ。僕は加織ちゃんと遊ぶときだけは、悪いことをしなかった。加織ちゃんに好かれたくて、真面目で運動神経がいい男の子を演じようとしていたのかも知れない。

バスケット（1965年）

小学校六年生の時、兄貴の担任だった富田先生に呼ばれて「たかむら、バスケットをやってみないか?」と言われた。『バスケット?』「東京オリンピックをやった代々木の国立競技場でオリンピック選手がコーチになって、バスケットを教えてくれるんだ。どうだ?」『僕だけですか?』「いや、西戸山からは君を入れて二人だ。」『分かりました。やります！』

オリンピックには借りがあったし、運動神経にだけは自信があったから、僕は即答した。それから、毎週日曜日、代々木の国立競技場でバスケットをやることになった。東京中から運動神経のいい小中学生が集められ、毎週日曜日バスケットボールのトレーニングが行われた。夏休みには合宿にも行き、僕らはメキメキと上達していった。何と言っても当時の日本代表のオリンピック選手が、運動神経がいい子達にオリンピック競技場で教えたのだ。上手にならない訳がない。

2m近い一流選手からバスケを習う。これはオリンピックを見に行くどころの話ではなかった。僕はオリンピックを肌で感じた。バスケが楽しくて、楽しくて、毎週日曜日が待ちきれなくなるくらいバスケにハマっていった。そして小学生の中ではトップチームに入ることができたのだった。

中学生になり、勿論バスケット部に入部。練習に明け暮れた。そして、六月……あの運命の日が訪れる……僕の人生を変えてしまう運命の日が……。

正子ちゃん（1966年）

その日、僕は休み時間に正子ちゃんに呼び出された。正子ちゃんは西戸山小では勿論、西戸山中学校でも学年1位の才女だった。（なんでだ?）僕の心臓はバクバクした。生まれて初めて女の子に呼び出されたのだ……しかも、学年1位の正子ちゃんに……。

チャイムが鳴ると、僕は正子ちゃんのクラスがある三階へ駆け上がった。「たかむら君、六年三組のクラス会のことなんだけど……」正子ちゃんの話はクラス会の話だったけれど、僕の心臓はバクバクしたままだった。僕と正子ちゃんは正子ちゃんのクラスの前の廊下で、チャイムが鳴ってからも暫く話し込んだ。『あ、次の授業数学だった！　アマテン（天野先生）だった！　やばい！　じゃあね！』僕は後ろ髪を引かれる思いで正子ちゃんとバイバイして、階段に向かった。そして、階段の途中でいつものように手すりを跳び越えて反対側の階段に向かって飛んだ……（やばっ！　ちょっと手前で跳び過ぎた！）ヒュー!!グキッ!!　次の瞬間、僕の右足首は階段を踏み外して……骨折。（痛っ！）

運動しかできない少年が松葉杖になった。『どれぐらいでギブスが取れますか？』「最低でも一か月はかかるね。」『……』その日から一か月間、代々木の体育館に行っても、みんなの練習を見ているだけで、何もできない退屈な生活が続いた。

宮田先生（1966年）

それでも体育の授業には松葉杖のまま参加した。体育の先生が鬼のように怖い宮田先生だったからだ。宮田先生は中央大学バレー部の主将だった人で、体育の授業の見学を殆ど認めない先生だった。余りにも怖いので『見学させてください！』という一言が言えず、みんな少しくらいの熱だと無理をして授業に参加していたのだ。僕もその一言が言えず、ギブスをしたまま体育の授業に出た。すると、宮田先生は僕らに今まで見せたことのない笑顔で「お前、無理しなくていいぞ。休んでいいぞ。」と言ったのだ。僕は『いえ、大丈夫です。やれます！』と笑顔で、ギブスをしたまま授業に出続けた。宮田先生は、僕がギブスをしながら鉄棒や走り幅跳びをするのを見て、ニヤニヤ笑っていた。それから僕は体育教官室に笑顔で入れる、宮田先生に笑顔で話せる、数少ない生徒の一人になった。

一月後、ギブスが外れて……久しぶりに代々木の体育館でボールを使った練習に参加したのだが、伸び盛りの仲間たちの成長は余りにも凄かった。練習もリハビリ状態の僕では全くついていけないくらいの練習内容になっていた。

そして、全日本対UCLAの国際親善試合の日が来た。僕らはハーフタイムに代々木体育館の大観客の前で試合をやることになった。仲間たちは一月の間に、オフェンス・ディフェンス両方のフォーメーションを鍛えられていたが、僕はそれが全く理解できなかった。僕がボールに触れる度に観客から笑いが起きた。（バスケットでオリンピックに行く！）という僕の夢はその笑いと共に消えていった。

一学期の内に僕はバスケット部に退部届を出した。トップチームに居たのに、下手くそになって笑われる自分に耐えられなかったのだ。勉強で笑われるのは平気でも、得意な運動で笑われるのには耐えられる筈がなかった。

PPM（1966年）

一年生の時の英語の中田先生の授業が忘れられない。最初の授業で先生はギターを持って登場した。そして、PUFFという歌を歌って……あっという間に僕らを「英語好き」の中学生にしてしまった。先生はアメリカ留学の経験があり、発音が滅茶苦茶カッコよくて綺麗で……毎週木曜日にはMrs. Whiteというネイティブの女性を連れてきて、英語だけの授業をしてくれたりした。当時としては最先端の授業だったと思う。中田先生はPPMやジョーン・バエズやブラザーズ・フォアーの歌を僕らに教えてくれて、発音もバッチリ教えてくれた。勿論、反戦歌の意味も僕らは先生から教わった訳で……今考えても、随分とレベルの高い授業だったと思う。中田先生のその時の授業がその後の僕の人生に大きな影響を与えるのだから面白い。ギターを弾いて歌う先生に憧れて、僕は一瞬で英語が好きになってしまったのだ。そして、いつかギターを弾けるようになりたい。そう思ったのである。

創（1966年）

二学期になって、僕は宮田先生のバレー部に入部届を出した。ギブスをしながら体育の授業に出続けた僕を先生は明らかに可愛がってくれていたからだ。実はバレーボールにもちょっと自信があった。母さんがバレーボールをやっていて、僕も小さい頃から普通にやっていたからだ。でも、バレー部の新人戦に僕が出ることはなかった。当たり前だ。中一の二学期に入ってきた一年生をレギュラーにする訳がない。ところが、自分と余り変わらない仲間が試合に出ているのを見て、僕は納得できなかった。そして、試合の後、僕は宮田先生に退部届を出したのである。先生は「そうか……わかった。」としか言わなかった。

バレー部を辞め、やることが無くなった僕に小学校時代の親友、創（はじめ）が声を掛けてくれた。「たか、テニスやらない？」『やる訳ないだろ！　女の遊びは俺はやらないよ。』「面白いよ。たかなら直ぐにできる。」『そんなことは分かってるよ。でも、やらない。』そう言った僕を創は何度も誘ってくれた。

そして、遂に創たちと一緒にテニスをする日が来た。戸山の練兵場跡のテニスコートで僕は生まれて初めてテニスのラケットを握った。女の子の遊びだと思っていたテニスは面白かった。一年生の中で自分より凄く上手な子はいなかったからかも知れない。僕が『簡単じゃねえか！』そう言うと、「でも、たか、西と青崎には勝てないよ。あいつら新宿区で3位だったから……」創はそう言った。

『そいつらを連れて来いよ！』「わかった！」そして、僕とタイポンは西・青崎と試合をした。完敗だった。スコアーは1－4だったが、内容は完敗だった。悔しかった。女の遊びで負けるとは思わなかったから……。悔しくて、三学期になると同時に、僕はテニス部に入部届を出した。テニス部の顧問は白浜先生。この先生も兄貴の担任だった。白浜先生は「お前は手首が柔らかくて器用だから、このサービスが打てそうだな。」と何種類かのサービスを僕に教えてくれた。

二年生になって西が転校し、僕は青崎と組んで団体戦に出ることになった。そう、入部して数か月でレギュラーになったのである。そして、僕らは団体戦で優勝した。

二学期になり、新人戦では団体戦は勿論、個人戦でも僕と青は1ゲームも落とすことなく、5試合全て3－0で優勝。僕は新宿区のチャンピオンになって、「西戸山の天才」と呼ばれたのだった。うふふ。

新宿西口広場（1967年）

中二になる春休み。僕は新宿区の百人町から中野区弥生町に引っ越した。そして電車で通学するようになった。中二・中三と方南町から新宿経由で高田馬場に通ったので、新宿西口広場はよく通った。当時はベトナム戦争の真っ只中で、西口広場の彼方此方で大学生のお兄さんたちがギターを弾いて反戦歌を歌っていた。僕も学校帰り、よく立ち止まっては、お兄さん達と一緒になって歌った。当時の中学生は当たり前のように「反戦歌」を歌っていたのである。アメリカでも日本でも若者たちが歌うのは反戦歌。そういう時代だった。Where have all the flowers gone? Blowing in the Wind.そして「友よ」。中学生の僕らも何とかしなくちゃいけない。そう思っていたのだ。

河合隆慶の授業（1968年）

中二になり、河合先生が担任になった。先生の授業は面白かった。学生運動が激しかったあの頃、先生は「テレビニュースは勿論、新聞記事だって機動隊側の一方的な見方が殆どだ。物事は反対側からも見なくちゃいけないよ。学生側からの視点も大事なんだ。」「テレビニュースや新聞記事を鵜呑みにしちゃダメだよ。自分の目で見て、自分の頭で考えることが一番大事だからね。」僕らにそう教えてくれた。

東京学芸大学出身の先生は学習参考書を出版するほどの実力者。社会の授業が余りにも面白いので、テスト前はみんな必死になって社会の勉強をした。僕も先生に褒めて欲しくて頑張ったが、相対評価だったので90点取っても4しか貰えなかった。上には上がいたのである。僕が中学校三年間でずっと5だったのは体育と音楽だけ。あとは殆どが4で美術が3。受験の時の内申では何故か国語も5だったが……。

リエちゃん（1967年）

新人戦が終わり、全校集会で表彰されて、「たかむら君、凄い……」と女の子達に言われて、僕は調子に乗った。西戸山中の校庭はコンクリート。そのテニスコートで練習していると、一年生の女の子達が窓から僕と青が練習しているのを見て、キャーキャー言うのも当たり前の光景になった。それまで女の子に騒がれることは皆無だったから、調子に乗らない方がおかしい……。もしかしたら、僕ではなく青を見ていたのかも知れない。僕は後衛で何種類ものサーブを打ち、まあ格好よかった訳だけど、青は前衛で僕より背が高く、誰が見てもイケメンだったから……。（笑）

そんな時、隣の席のリエちゃんが「たかむら君、一緒に勉強しよう。」そう言ってくれた。これにはドキッとした。勉強が出来ないという最大の弱点にリエちゃんが突然光を当ててきたのだ。リエちゃんは学年一の美人で、勉強もクラスの女子ではトップだった。そのリエちゃんが「一緒に勉強しよう！」そう言ってくれたのだ。僕は舞い上がった。僕はリエちゃんに言われるままに勉強するようになった。そして、前の席に座っていた福良が「高邑、勉強だけじゃダメだ。本を読めよ。本はいいぞ。」そう言って僕に読書を勧めてきた。それまで一日五分以上勉強したことのない僕がリエちゃんの影響で二時間も勉強するようになり、福良の影響で本も読むようになって、僕の偏差値は40未満から63まで急上昇した。これには誰もが驚いたが、一番驚いたのが自分自身だった。担任の河合隆慶先生も「たか、やるなあ……」そう言って、もの凄く喜んでくれた。

バレー部からテニス部に行ったのに、宮田先生も僕を応援してくれていた。ある日「テニスコートの向こうまで逆立ちで歩いたら5をやるぞ」と言うので、逆立ちでコート一周して見せたら、それから体育は卒業するまでずっと5をくれた。

三学期になって、僕は更に調子に乗った。理科のテストで、学年でただ一人満点を取ったのだ。あの学年1位の正子ちゃんにも勝ったのだから、奇跡と呼んでもいいくらいの出来事だった。しかし、理科のおばちゃん先生は通知表に「4」をつけたのだ。職員室に抗議に行くと、奈良女子大卒のおばちゃん先生は「あなたは授業態度が悪すぎる！」そう言った。確かに、態度は悪かったかも知れないよ。壁に寄りかかって授業聞いていたんだから。でも、〝学年で1位なのに4はないだろう！　何が授業態度だ！　糞ババア！〟僕は母親が見ている前でその通知表を破いて燃やしてしまった。

鉄棒（1968年）

二年生の後半から、僕は校庭の高鉄棒にぶら下がる時間が増えていった。あのオリンピックの鉄棒の映像が忘れられなかったのである。「蹴上がり」「大振り」「ともえ」「大車輪」「後車輪」毎日、毎日、授業がはじまる前や昼休みに手の皮を何枚も剝きながら、練習を続けた結果、高鉄棒でグルグル回れるようになった。その時、一緒に練習をしたメンバーが何人かいたのだが、大車輪が一番上手かったのが純、後車輪が一番上手かったのが僕だった。月曜日の朝、朝礼があるときに全校生徒が集まっているところで車輪をやって、クルっと回ってピタリと着地を決める。そして、それを見た女の子達から拍手をもらう。そうやって、僕らは目立とうとしていたのである。「たか、俺、教育大に行くわ。」と純。『俺も行こうかな、教育大。』東京オリンピックの個人総合で金メダルを獲った遠藤幸雄に僕らは憧れていたのである。

ヒョウチン（1968年）

三年生になった時に、ヒョウチンはやって来た。ヒョウチンは教頭先生なのに、僕らの数学を受け持ってくれたのだ。最初の授業で、「私の名前は兵頭鎮馬（しずま）、でも教え子達はみんなヒョウチンと呼ぶので、君たちもヒョウチンと呼んで下さい。」そんなこと言われても、教頭先生を「ヒョウチン」なんて呼べる訳がない。黙っている僕らにヒョウチンは畳みかける。「はい、ヒョウチンって言ってみて！」「必ず返事しますから……」「どこで会ってもヒョウチンです！　はい、どうぞ！」『ヒョウチン！』「はい！　何ですかあ！」『ヒョウチン！』「はい！　何ですかあ！」（爆笑）。最初の授業で僕らはヒョウチンの虜になってしまった。廊下でヒョウチンを見つけると、『ヒョウチン！』「はい！　なんですかあ！」『呼んだだけでーす！』僕らはそんなことばかりやっていた。ヒョウチンは二学期になると、放課後の教室で僕らに高校数学を教えてくれた。その授業がまた滅茶苦茶面白くて、僕らはヒョウチンと数学がどんどん好きになって行った。そして、この十年後「ヒョウチン」というあだ名が僕のあだ名「タカヤン」に繋がっていくのである。

21群（1968年）

中三になっても担任は河合隆慶。リエちゃんとは別々のクラスになってしまったが、僕の両隣にはみはるちゃんと弘美さんという二人の天才が座って、僕の学習環境は更に上がっていった。僕は天才みはるちゃんに勉強法を教えて貰った。『おばあちゃん！（みはるちゃんのあだ名）どうやって勉強してるの？』「わたしは、お風呂の中で声を出してやってるわ。大きな声で覚えたいことを言ってると、頭に残るの。」『そうなの？　わかった。やってみる！』

みはるちゃんのアドバイス通りに勉強すると、一学期の実力テストで偏差値は75まで上がった。もしかして……と思って、みはるちゃんの偏差値を見てビックリ！　みはるちゃんの偏差値は83。第二学区の中学生で1位だった。どんなに頑張っても弘美さんの英語には全く勝てないし、みはるちゃんにも全く歯が立たないし、上には上がいると痛感した瞬間だった。

この頃になるとみんな志望校がボンヤリと見えてくる。僕の志望校は創やパートナーの青（正紀）、リエちゃんや弘美さんと同じ21群。都立新宿か都立駒場を目指して、勉強しながらテニスの練習をする日々が続いた。

運命の日（1968年）

そして、「運命の日」新宿区大会の個人戦の日がやってきた。僕と青（正紀）は当然の第一シード。早実と早稲田のチームがそれに続いた。試合前の練習では、みんなが僕らに注目しているのがわかった。応援に来た同級生の女の子達の姿も見える。青の打ったボールが僕の頭の上を超えて飛んで来た。その日は絶好調だったので、背走して追いかけ打ち返せる！（俺は西戸山の天才だ！）そう思って思いきりダッシュした次の瞬間、ガキッ!!　僕は校庭のバスケットゴールの鉄柱に顔から激突していた。額から血が噴き出て……その量はバケツに半分以上にもなった。白浜先生の車に乗せられて病院へ行き、額を3針縫った。額以外に痛いところはなかったので『試合に出たらダメですか？』と先生に聞くと、「無理すると一生顔に傷が残るよ。」『別にいいんですけど……』「駄目だ！」

僕と青の第一シードは棄権、決勝は第二シードの早実と第三シードの早稲田ペアが激突、早実が優勝した。そして、その1週間後の団体戦で僕と青はその二つのペアに当たって勝ち、西戸山中が優勝。受験前、早実からも早稲田からも「特待生で来ないか」と誘われることになる……。

事件（1968年）

怪我はしたがテニスも勉強も順調だった夏休み、事件が起きた。父さんが「21群は受けさせない。第二学区は諦めろ。」と言ったのだ。当時の西戸山中の三分の一は〝越境〟の生徒であり、僕のように途中で学区外へ転出した生徒が越境通学することには何の問題もなかった。ただ、第二学区を受験するには誰かの住所を借りなければならず、父さんがそれを拒否したのだ。親友の創は「うちの住所使えばいいじゃん。」と言い、創のお父さんやお母さんも「勿論、いいわよ。」と言ってくれていたのだが、父はそれを頑なに拒否した。「他人に迷惑はかけられない。」「絶対にダメだ。」と。

ショックだった。幼稚園からずっと同じ仲間と生きてきたのだ。高校生になっても、21群なら創はいるし青もいる。リエちゃんだって、弘美さんだっている。しかし、父さんには逆らえない。当時の僕にとって、父さんは「絶対」だった。父親を説得するという気力も能力もなかった。僕はやる気を失ってしまった。受験生なのに……

先生の目（1968年）

二学期になって、みんなが受験勉強に必死になっているのに僕は全く勉強をしなくなってしまった。21群に行けないことが決まり、勉強することに意味を感じなくなってしまったのだ。それどころか、自動販売機でファンタを盗む簡単な方法を発見。その手口はこうだ。〝洗濯ばさみの輪っかを5円玉にはめると、丁度50円玉の大きさになる。（昔の50円玉は大きかった。）〟その50円玉で30円のファンタを買うと、お釣りが20円出てきて、ファンタが飲めるのだ。5円でファンタが飲み放題。プラス15円の儲け。これは美味しくて、お小遣いがちょっと増えて、……楽しかった。

でも、やっているうちに『ファンタもう飲みたくねえ。』ファンタに飽き、別の欲が出てきた。そこで、鉄棒仲間の純と二人で「100円玉を作らねえか。」『やるか……』と貨幣偽造を決意。粘土板に鉛を流し込んで100円玉を作るという偽造計画は順調に進んだ。

僕と純は学校の周りの自動販売機は勿論、定期券があるのに駅の切符売り場でその100円玉を使って切符を買って、お釣りを盗って、完成度を確かめたりしていた。

当然、戸塚警察が動いた。僕らは気がつかなかったが、後から聞くと、僕らが捕まるのは時間の問題だったらしい。

その戸塚警察よりもはやく動いたのが河合隆慶だった。先生は戸塚警察からの情報と先生自身のアンテナ情報から僕らの犯行だと気づいたのだ。

その日、僕と純は職員室に呼ばれた。「まあ、二人ともそこに座んな。」『はい。』先生は職員室の奥の衝立の向こうのテーブルにお茶を置きながらこう言った。「まあ、茶でも飲んで……」『あ、はい。』「ちょっと小耳に挟んだんだけどな。」先生は戸塚警察署管内で自動販売機が荒らされている話をしはじめた。僕と純は顔を見合わせた。二人とも顔が引き攣っていた。先生は続けた。「おらあ、お前たちのことが好きなんだよ。純、たか……」僕らは突然、泣き出した。『すみませんでした。』「僕らがやりました。」「そうか、わかった。」先生はそう言うと、僕らの肩に手を掛けて「もうやるなよ……」そう言った。『はい。二度とやりません。』その時、僕は心の中で、貨幣偽造は勿論、(悪いことは二度としない!)と先生に誓ったのだった。

驚いたのは河合先生のそれからの行動だ。先生は西戸山中の他の先生達には勿論、戸塚警察にも僕らの両親にも何も言わなかったのだ。僕と純は心から反省して終わり。僕らの悪事は他の先生に知られることもなく、親にも全く知られることなく、警察に知られることもなく揉み消された。〝貨幣偽造〟といえば大変なことなのに……先生は僕と純を一瞬で悪の道から引き戻してくれたのだ。あの時の河合隆慶の愛情に満ちた「先生の目」を僕は忘れない。

その「先生の目」が、その日から七年後「じゅん」を都立高校の先生にし、その「先生の目」が八年後、「たか」を埼玉県の公立中学の先生にするのである。

石神井（1968年）

そんな事件の後の二学期の後半、創が「たか、石神井高校に行けよ。」そう言ってきた。『石神井？　何それ……』「光兄貴が行ってるんだよ。石神井の硬式テニス部、滅茶苦茶強いぜ。都立で一番。インターハイにも行けるよ。光が行けたんだから、たかなら石神井でインターハイに行けるよ。」創はそう言った。その一言が僕の人生を変えることになる。21群に行けずに不貞腐れて、やる気を失っていた僕だったが、突然目の前に道が現れたような気持ちになったのだ。

僕は軟式テニスのラケットを硬式テニスのラケットに持ち替えた。近所の大学生のお兄さんに古いラケットを貰い、素振りや壁打ちをはじめた。入試は間近に迫っていたが、34群なら楽勝で入れると1分も勉強しなかった。その代わりに、腹筋・背筋を鍛え、腕立てをして、素振りをして、お風呂の中で毎日「石神井、石神井！」と百回唱えるようになった。当時の34群は石神井・井草・大泉という三校。合格してもどこに回されるか分からなかったのである。石神井に行ける確率は三五％。勉強しなくても、偏差値が70を下回ることはなかったから、合格するのは分かっていた。でも、石神井でテニスをするには神様にお願いするしかなかった。兎に角、あの時の僕は石神井に入るしか道はなかったのだ。

入試の日は雪（1969年）

二月、都立入試の日。その日は大雪。僕は都立井草高校の校舎の二階に居た。受験番号は256番。最初の出願の時、前の人の番号を見てあまりいい番号じゃない。そう感じて、お店に行ってパンを買って時間を潰した。そして、二回目に受け取った番号が256番。2の8乗だから、縁起がいい番号だと思ったのだ。

僕の人生を賭けた入試がはじまった。数学のテストの最中、このままでは大泉か井草に行ってしまう……ふと、そう感じて、僕は1番の①の計算問題の答えを消しゴムで消した。100％合っている答えを消すことで、自力で石神井に行こうとしたのである。採点する人はどう思っただろう……ほぼ満点の答案を書いた子が一番簡単な計算問題を空欄で提出したのだから……。

そして、僕は石神井に合格した。数学の1番を消したのは大正解だったのだ。消してなければ、間違いなく井草か大泉に行ってしまっていただろう。井草にも大泉にも硬式テニス部はなかったから、全く別の人生になっていたはず……。もしかしたら、人生を決めるのは一瞬の勘なのかも知れない……。

謝恩会（1969年）

入試も無事に終わり、僕らは最後に「一発目立とうぜ。」とバンドを組んで謝恩会に出ようということになった。「俺はギターやるわ。」と創。「俺もギター。」と弘、「じゃあ俺はベース。」と元。『俺は何をすればいいの？』「たかはボーカルだな……」『何それ……』「歌を歌うんだよ。」『嫌だよ。歌うたいなんか……』「何、言ってんの。ボーカルが一番格好いいんだよ。」と創。『そうなの？』創のその一言で僕はボーカルをやることに……。僕らの特訓がはじまった。体育館での予選も無事通過。先生や友達に「凄い！」「滅茶苦茶上手だったよ！」と褒められ、やる気満々になる。僕と創、元と弘の四人が舞台で歌ったのはフォーク・クルセダーズの「イムジン河」「悲しくてやりきれない」そして「あと25分で……」

これがまた受けた。友達は勿論、河合先生がメチャクチャ誉めてくれたのだ。人前に出ることが苦手だった僕が、人前で目立つことが好きになった瞬間だった。

トレーニング（1969年）

そして、僕は高校生になった。一年一組は音楽選択のクラス。勿論、僕の目的はテニスだったから、授業には全く興味を示さなかった。石神井高校のテニス部は厳しいことで有名だった。一年生は早朝からコート整備。午後練は暗くなるまでボールボーイとトレーニングが延々と続くのだ。ボールを打つことができるのは一日五分。（こんな練習で、どうやって強くなるんだ！）とボヤいても、インターハイや国体に行った先輩達も同じ練習をやってきたのだから、文句は言えなかった。

毎朝、方南町から始発に乗り、二時間近くかけて石神井に通った。四時半に家を出る僕の為に母さんは毎朝、三時半に起きて弁当を作ってくれた。練習が終わって、家に帰ると十時は軽く過ぎる。途中でコーラのホームサイズをがぶ飲みするので夕飯を食べる力も残ってなくて、ただ寝るだけ。そして次の日、朝練の後の授業は起きてられず、一、二時間目は爆睡。三時間目の前に早弁をして、三、四時間目にまた熟睡。お昼に二個目のお弁当を食べて、五、六時間目だけは、かろうじて起きて授業を受けるふりをする。そんな生活が続いた。

石神井には「ガントレ」という伝説の体育の授業があった。「ガン」というあだ名の体育の先生が三年間、「トレーニング」だけの授業をするのだ。

最初の体育の授業の日、一年生の僕らがちょっと緊張していると、用務員のおじさんがやってきたので、（なんだろう……このおっさん）と見ていると、「集まれい！」と言った。（まさか……この人がガン？）すると、ガンは「広がれい！」と言い、次に「跳べい！」と言った。僕らがジャンプしていると、「手を上げい！」「手を横う！」「手を前い！」と延々と跳ばされた。そして、その後「片足跳び」「両足跳び」「手押し車」「おんぶ走」「カニ」「ランニング」と続いたのだ。このトレーニングには参ったが、テニス部のトレーニングはその遥か上を行っていたので、あっと言う間にガントレは楽勝になっていった。

そんなトレーニングを毎日やっていたので、高校一年生の一学期。身長は一七三センチくらいになっていたが、体重は四十八キロしかなかった。睡眠時間が欲しかった。そこで、自転車で行くことを思いついた。中野の弥生町から環七・青梅街道・新青梅街道を通って、自転車で石神井に行くと三十五分で行けたのだ。ただ、猛スピードで走るので、よく事故に遭った。車の脇を走り抜けようとして、左折車に激突したり、停車中にドアを開けられて突っ込んだりした。結局、その一年間で六回も交通事故に遭ったので、僕の自転車はあっという間にボロボロになって、廃車になってしまった。

杉並警察（1969年）

二学期のある日の夜、練習帰りに青梅街道を走っていると、「電気を付けなさい！」と若いお巡りさんに注意された。『はーい！』と返事して……そのまま走り続けた。電気を付けるとペダルが重くなって、スピードが遅くなるからだ。走ることには自信があったし、お巡りさんの自転車に追いつかれる筈がない、そう思って気にもせずに暫く走っていると、バックミラーに必死で追いかけてくるお巡りさんの姿が見えた。

（マジかよ……）僕は突然、スピードを上げた。すると、お巡りさんも必死で追いかけてくる。（なんなんだ！　こいつ……マズイ！　目の前の信号は赤だ。河合先生ごめん！）

僕は青梅街道と環八の交差点の赤信号を無視して、走り抜けた。（まさか、お巡りさんは赤信号を無視しないだろう……）ところが、そのお巡りさんは「ピーッ！」と笛を吹きながら赤信号を無視して突っ込んで来たのだ。これには焦った。初めて（捕まるかも……）そう思った。でも、捕まる訳にはいかない。お巡りさんは直ぐ後ろまで迫って来ていた。

僕はお巡りさんをギリギリまで惹きつけ……急に左折した。ガガガーン！　後ろでお巡りさんが壁に激突しているのが見えた。（勝ったな！）僕は次の細い道を右折した。それが間違いだった。その細い道は行き止まりだったのだ。

ガシャーン!!　行き止まりに気づいてUターンした僕の自転車に、壁に激突した後、立て直したお巡りさんが自転車で突っ込んできたのだ。その瞬間、僕は諦めた。『大丈夫ですか？』「何で逃げた？」『急いでいたからです……』「カバンの中には何が入ってる？」『弁当箱です。』「開けて見せろ！」『はい。』若いお巡りさんは僕の罪状をいくつか挙げたが、僕は壁にぶつかって破れたズボンと血だらけになったシャツが気になって、頭に入ってこなかった。『大丈夫ですか？』「ああ。」『血が出てますよ。』「大丈夫だ!!」

杉並警察署では怖い顔をしたおじさん達と「何で逃げた！」『早く家に帰りたかったからです。』「カバンの中には何が入ってる？」『弁当箱です。』「何で逃げた！」『早く家に帰りたかったから……』「カバンの中には何が入ってる？」『弁当箱です。』「教科書は？」『入ってません。』「学校に何しに行ってるんだ！」『テニスです。』「何で逃げた？」『早く家に帰りたかったんです。』何度も同じやりとりが繰り返された。

最後に来たおじさんは優しい顔をしていた。「何で逃げたの？」『早く家に帰りたかったんです。』「カバンの中には何がはいってるの？」『お弁当箱です。』「それだけ？」『はい。』「テニスやってるのかい。」『はい。』「どこの高校だ？」『石神井高校です。』「うちの娘もテニスやってるんだ。学習院で。」『え？　名前は？』「Kっていうんだ。」『知ってます。シード選手ですよね。凄い、Kさんのお父さんなんですか！』「そうか、知ってるか？」『はい。』「これからはちゃんと電気をつけて走れよ。危ないからな。」『はい！』

数分後、僕は何事もなかったかのように、杉並警察署を後にした。「いつでも遊びに来ていいからな。」というKさんの言葉に甘えて、僕は暫く学校帰りに杉並警察署に寄るようになった。無灯火の僕を必死で追いかけてくれた、あの若いお巡りさんには本当に申し訳ないことをしたと今でも思っている。

カンニング（1969年）

小中と悪餓鬼だったが、一度もカンニングはしたことがなかった。父さんからも母さんからも「勉強しなさい。」と言われたことがなかったからかも知れないし、自分の成績に興味がなかったからかも知れない。ズルをしてでも成績を上げたいとは思わなかったことだけは確かだ。ところが、高校に入ると「たかむら、カンニングしねえのか？」という奴が現れたのだ。『やらねえよ。大体どうやってやるんだよ……』「知らねえのかよ……教えてやるよ。」授業中は寝てばかりいたから、テストは全くやる気なし。その代わり、カンニングの方法を色々教えて貰い、自分でも考えた。カンニングがバレるのは格好悪いから、絶対にバレない安全な方法も考えた。

それは教室の前の黒板や掲示物に本当に小さい字で書きこむという方法だった。視力が軽く2・0だった僕は、先生には絶対に見つからないような字でそこにテストに出そうなことを書き込んだ。カンニングペーパーは見つかる危険も高いし、証拠も残るが……その方法だと、先生の見ている方向と真逆だから、まず見つからないし、試験が終わった後に消してしまえば証拠もなくなる訳で……高一の時は、授業中に弁当を食べたり、カンニングをしたり、先生の目を盗むことにスリルを覚え、ちょっとだけ悪ガキに戻っていったのだった。

ここに当時の成績表がある。現代国語50点（評価4）、古典32点（評価3）、地理46点（評価3）、数学α54点（評価5）、数学β50点（評価4）、生物36点（評価4）、地学33点（評価2）、英語リーダー37点（評価3）、英語グラマー31点（評価3（点数の割には評価いいじゃん！）と思ったら、10段階だった。（笑）家でも学校でも勉強時間は0分だったあの頃の僕の成績に間違いない。（笑）

東伏見（1969年）

高校の近くに、東伏見テニスクラブがあった。そこは「日本一のクレーコート」と呼ばれていたテニスクラブで関東高校や全日本ジュニアもそのコートで行われていた。その日はたまたまコートを見に行っただけだったのだが……ネットの向こうに滅茶苦茶上手な学生が二人で打ちあっていた。一人がストレート、一人がクロスでなかなかミスらない。コーチも二人いて……「純、走れ！」「利郎どうした!?」と叫んでいる。よく見ると、神和住純と坂井利郎という当時のトッププレーヤーの二人が渡辺功と渡辺康二という名選手に鍛えられているところだった。日本のテニスを背負っている人達の練習を見て、自分もこの人たちのレベルに行きたい……デ杯に出たい……その時、そう思ったのを覚えている。

古川溥（1970年）

一年生の三学期のはじめ、僕は顧問の古川先生に呼び出された。（この間の練習試合で負けたからかなあ……）そう思って職員室に行くと、先生は厳しい顔で僕にこう言った。「たかむら、実力テストの結果なんだが……」『はい？　試合のことじゃないんですか？』「違うよ。君は学年で445番だったじゃないか。」『はい。』「君は何の為に学校に来てる？」『はい。テニスをしに来ています。』「君の成績は学年で下から6番目だ。こんな成績を取ったのはテニス部はじまって以来だぞ。」『そうですか。』「暫く、部活を休むか？」『え？　それは勘弁してください。』「このままじゃ部活を続けさせられないぞ。」『ああ……じゃあ、次のテストで頑張りますから、休部だけは勘弁してください。』「大丈夫なんだな。」『はい。大丈夫です。』

次のテストまで僕は久しぶりに本気で勉強した。部活を休む訳にはいかないからだ。テニスで早稲田か法政に行けば、デ杯に行けるかも知れない。そう思いながら頑張った。そして、テストの結果が出た。古川先生は「たかむら13番だったぞ！　下からじゃないぞ、上からだ。」と大喜び。僕も休部を免れて、ホッとしたのだった。カンニングをしても下から6番、勉強すれば上から13番。僕のカンニングブームは一年で終わったのだった。

純二（1970年）

二年生になって、苦しいトレーニングも無くなり、おっかなかった先輩達とも仲良くなり、絶好調。新人戦では東京都の第六シードになり、関東大会にも出場。東伏見のあのコートで慶応の第三シードの先輩に負けたが、インターハイに出て、推薦で早稲田か法政に行くという計画にも可能性が出てきた。テニスが強くなるにつれ、いつの間にか三年生の純二と遊ぶようになっていた。テニスの練習は朝練前から一緒にやったし、午後練の後にも花札で勝負……そんな毎日が続いた。

勿論、試合もやった。こっちは伸び盛り……単複でインターハイに行った純二にシングルスで何度も勝つようになったのだが、それが悔しかった純二。「たかむら、シングルスで賭けようぜ。」『え？　何を賭けるんですか？』「頭だよ。髪の毛だ。」『髪の毛って、スポーツ刈りと長髪で賭けるのはおかしいでしょ？』「自信ないのか？」『何を言ってるの？最近2試合は6－2、6－2で俺の勝ちっすよ。』「じゃあ、やろうぜ。」『分かりましたよ！　やればいいんでしょ、やれば！』「試合の日は……俺が決める。いいよな。」『ああ、いいですよ。いつでも俺が勝ちますから……』「男に二言はないな。」『無いですよ。』「じゃあ……試合は、お前たちの修学旅行の次の日だ！」『こらこら、俺は三日間、練習できないじゃないですか……』「逃げるのか？」『逃げませんよ。やりますよ……』ところが、修学旅行の三日間、僕は殆ど徹夜で……その間、純二はきっちりと練習していたらしく……その日の試合、僕は体が全く動かなくて、5－7で負け。肩まであった僕の長髪は野球部の部室であっという間に坊主に……。その時の純二の勝ち誇った笑顔が忘れられない。ずっと長髪だったので、坊主になった僕に気がつかない奴らが多くて……僕も笑った。僕はそれから七年間、床屋に行くことはなかった。坊主の反動でずっと髪の毛を伸ばし続けたのである。

三島由紀夫（1970年）

あれは二年の十一月頃だったたか……授業中に突然、三島由紀夫の「檄」が校内放送で流れた。まさか、先生が流す訳がないから……三年生の放送部の先輩が放送室から全校に流したのだと思う。面白いのは、授業中だったのに先生達が全く動揺しなかったこと。それどころか僕らと一緒に三島由紀夫の言葉に耳を傾けたのだ。まるで授業よりも三島由紀夫の言葉の方が僕らには大切だ……そう言っているようだった。毎日、ボ～ッと生きていた僕に、三島由紀夫の「檄」とその後の割腹自殺は大きなショックを与えたのである。次の日の朝日新聞の一面には三島由紀夫の胴体から落ちた首の写真が掲載されていた。

慶応（1971年）

三年生になる直前、「鍛冶さん慶応に受かったんだって！」と一つ上の先輩。『あの鍛冶さんが慶応！　慶応って馬鹿でも入れるんですか！』「そういうことだな。」インターハイ、国体で大活躍した鍛冶さんは僕らの憧れの先輩だった。そのテニスバカだった二年先輩の鍛冶さんがテニスではなく、頭で慶応に入ったということは、後輩の僕らにはいい刺激になった。『鍛冶さんが入れるなら、誰でも入れるんじゃねえか……』僕らはそんなことを言っていたのである。（その時は〝鍛冶真紀〟が慶応文学部を中退し、数独で世界的に有名な人になるとは、誰も思っていなかった。）

交通事故（1971年）

三年生になって、僕はいい感じでテニスが上達していった。そういう時に限って事件が起きるのだ。良い感じになると事件が起きる……僕の人生の特徴である。三年の一学期、それはインターハイ予選の直前だった。僕は親友の哲夫と二人で新青梅街道を走っていた。僕は自転車、哲夫はバイク。同じスピードで並走していた。時々哲夫の肩につかまって、新青梅街道を疾走していたのだ。と、次の瞬間、僕の自転車のブレーキのワイヤーが哲夫のバイクのハンドルに絡まった。時速四十キロ以上で走っていた僕の自転車のハンドルは九十度回転し、急停止。僕は新青梅街道の車道にとび出てしまった。その距離数十メートル。柔道の受け身をしたのだが……ドカン！　僕の肩は道路に打ち付けられて……大怪我。後続の車が来なかったから轢かれることはなかったが、その怪我でインターハイ予選に出られなくなってしまった。これはショックだった。インターハイに出られなければ、早稲田も法政も慶応もない。（まさか、頭で大学に入らないといけないのか……）一年生の時、雨が降るとテニスができないからと、雨の日は全て学校を休んで体育は1。同じ一年生の時、英語のグラマーの先生の発音が中学時代の先生と比べて違いすぎて、（この先生の授業はやる気しない……）と白紙で答案を出して評価は1。二年生になって、（あんたの授業は詰まらない！）と倫社のテストは書いた答案を消しゴムで全部消して0点。本当に失礼な生徒だった。勿論、評価は1。大学を受験するのに、1が3つもあったら……まずいよねえ……。

それでも僕は北大を受けようと思ったのだから笑える。慶応の前に北大を目指していた鍛冶さんの影響が大きかったのかも知れない……。僕が狙ったのは北大の水産学部。父さんが「お父さんは商船大に行って船乗りになりたかったんだ。」という言葉を覚えていたからだろう。父さんがなりたかった外国航路の船長になってやる！　僕はそんな夢を持った。候補に挙がったのが、水産大、商船大、長崎大、鹿児島大……そして、北大。その中で一番テニスが強かったのが北大だった。結局、僕は船に乗って、テニスもしたい！　そういう理由で北大を選択することになる。インターハイには行けなかったから、インカレに行ける可能性がある大学がいい。そう思ったのだ。

13時間（1972年）

だが、受験は甘くはない。何と言っても、石神井高校でペケから6番だったのだから、受かる訳もなく……北大一校しか受験せず、一年目の入試はアウト。浪人生活に入った。

貧乏だったので『予備校に行かせて！』とは言えず、取りあえず宅浪をすることに……。一日十三時間勉強する日が続いた。受験科目が十三科目あったのだ。家で毎日十三時間勉強する日が三か月続き……久しぶりに外に出ようとしたら、階段が下りられなくなっていてビックリした。足の筋肉が落ちてしまったのだ。そこで、夏休みは石神井図書館まで自転車で通って勉強し、午後は高校でテニスをして帰るという勉強法に変え、二学期は予備校にも行かせてもらった。勉強だけじゃ体がダメになると分かったのだ。勿論、予備校の友達ともよく遊んだ。そして、成績は急上昇。滑り止めに考えていた慶応の経済はパス。浪人しても北大一校しか受験しなかったのだから、僕の受験は高校も大学も滑り止めなしの無謀な受験だった。

麻雀（1972年）

浪人というと暗いイメージだが、我が家は浪人の僕に勉強をさせない方向に動いていた。麻雀が大好きな母さんが「麻雀しよう！」と毎晩のように誘ってくるのだ。「勉強ばかりしていると身体に悪いよ。」と母さん。大学生だった二人の兄と浪人生の僕と母さんで毎晩のようにジャラジャラとやっていた。そして、父さんが帰ってくると、母さんが笑顔で玄関に出迎え、僕は机に向かってダッシュ。兄貴たちが麻雀の痕跡を消す！というチームワークで父さんに僕らの麻雀がバレることはなかった。父さんは受験生が麻雀することなど、絶対に許さなかったから。毎晩、麻雀をする楽しみと、父さんが帰ってきた時のスリルが堪らなくて……僕の浪人生活は実に楽しかったのである。もしかしたら、それは母さんの作戦だったかも知れない。それで合格しちゃったんだから……。

入試（1973年）

その年の四月、僕は無事に北大庭球部に入っていた。入試は英語、生物、世界史、現代国語が満点。数学は85％、古典は0点、物理・化学は足して10点だったが……。合格してしまえば、古典の0点など、どうでもいいことである。まさか、古典0点の僕が中学生に国語を教えることになるとは、この時は思いもしてなかったし、物理と化学を足して10点しか取れなかった男が中学生に理科を教えることになるなど……夢にも思っていなかった。教職課程を取ってなかったのだから当たり前である。

3万円（1973年）

当時の国立大学の授業料は月に三〇〇〇円。入学金は一二〇〇〇円。入学する時に半年分の授業料と合わせて支払うお金は三万円。今から五十年前、兄貴二人が私立の大学に行っていたので、我が家はかなり貧乏だったけれど、三万円ならなんとかなった。しかも、札幌の下宿は父さんの飲み友達の金田一のおじさんの家。完全に居候状態だったのだから迷惑な話だった。みんないい人で最高の居候環境だったのだが、テニスと飲み会に明け暮れる僕を心配してくれるおばちゃんに申し訳なくて……僕は半年で引っ越すことになる。

菱和荘と雪（1973年）

北大の一年目の春。上級生を倒しまくって、僕はレギュラーになった。一年生で全国学生王座に出場し、小樽商大や東北大学との対抗戦にも出場した。新人戦では多喜志（一年先輩）と組んでダブルスで優勝した。同級生の女の子と恋もした。一年生の秋、居候をしてお世話になった金田一家を出て、北三十三条にある〝月に一二五〇〇円で朝・晩の賄いつきというアパート（菱和荘）〟に引っ越した。テニス部の二年先輩高田さんと一年先輩の仁康（吉野さん）が同じ下宿にいた。菱和荘での生活は本当に楽しかった。ある日、仁康と一緒に近くの銭湯に行くと、小さな女の子がお父さんと一緒に入ってきた。

その子はとても綺麗な目をしていた。彼女は女湯のお母さんと会話をしながら湯舟に浸かっていた。お母さんがその子を大きな声で呼んだ。「ゆきーっ！　そろそろ出るよーっ！」「あいよーっ！」僕はその「あいよーっ！」に惚れた。銭湯の帰り道、雪が降ってきた。将来、自分にもし女の子が生まれたら、「雪」という名前にしよう。その時、そう決めた。

菱和荘での追いコンが忘れられない。卒業していく四年生と一年生がコップに並々と注いだサントリーレッドを一気に飲んで、一年生は二階の窓から雪の中にジャンプするのである。しかも、パンツ一丁で……。どうして、そういう伝統になったかは知らないが、一年生なんだから、跳ぶしかなかった。窓から飛ぶ感覚はちょっと楽しいのだが、パンツ一丁で雪をかき分けて脱出するのが大変だったっけ。

日本海（1973年）

一年生のときの「全国学生王座」の舞台は新潟県の柿崎。日本海の綺麗な海岸で僕らは走り、素振りをして、練習が終わると、当時のダブルスのパートナーだった多喜志と恋を語ったりしていた。後に同じ場所で北朝鮮に拉致された人たちがいたことを知って怖くなった。もし、北大の女子も王座に行っていたら……多喜志ではなく、女の子と一緒に居たら……女子テニス部が王座に行ける程強くなくてよかったのかも知れない……。

72時間（1974年）

二年生になって、半年後。僕は水産学部のある函館に引っ越した。テニス部のメンバーと離れ、好きだった女の子とも離れ、北辰寮での生活がはじまった。月に三〇〇〇円で食事付きだったから文句は言えなかったが、先輩達との集団生活はちょっと息苦しかった。真夜中に酔っぱらった四年生の先輩が寮に帰ってきて、「押忍！」が掛かると、下級生は全員廊下に出て……僕だったら「東京都立石神井高等学校出身漁業学科二年目！　高邑ともや！　押忍！」と絶叫しなくてはいけないのだ。そういう伝統だったらしいが、実は一回もやった記憶がない。全て無視していたのだ。当時の僕にはバカバカしくて「押忍」なんていう悪習に付き合う気にはならなかったのである。当然、上級生には睨まれたが、同部屋のテニス部の優しい先輩たちが毎回庇ってくれていた。

それが面倒臭いので、数か月で北辰寮を出て、七重浜の「丸山アパート」に越すことになった。同じ学科の友達と二人で月に二万円の部屋を借りることにしたのだ。友達は六畳の和室、僕は四・五畳の洋室。台所とリビングルームは共用ということで、僕らは二年間同棲した。大家の丸山さんは長髪が肩まである僕を見て、一瞬アパートを貸すのを躊躇ったらしい。でも、一度話したら物凄く気に入ってくれて、夜釣りをして、「烏賊刺し」を山盛りで作ってきてくれた。本当に優しい大家さんだった。

丸山アパートには僕ら二人の友達がひっきりなしにやってきた。麻雀をすることも多かった。僕は小学校一年から麻雀をしていたので、まず負けない。月に一万円のアパート代は麻雀で楽に稼いでいた。連続で七十二時間やったこともある。テニスもせず、勉強もせず、本当にバカだった。

乗船実習（1975年）

バカでもなんでも乗船実習からは逃げることができなかった。最初の航海は「おしょろ丸」という実習船に乗って釧路から出航。最初の航海だというのに、日本海で酷い時化にあった。ピッチング（縦揺れ）は一階から四階、ローリング（横揺れ）は左右に三十三度傾いた。この揺れにはみんなが酔った。運の悪いことにその日、僕は「食事当番」。四人で五十人分の洗い物をしなくてはいけない。ところが、僕以外の三人は全員船酔いで寝込んでしまった。「悪い」「無理だ」「頼む」と誰も来てくれない。しょうがないので一人で洗い物をしていると、若生君が「俺もやるよ」と手伝ってくれた。二人で並んで五十人分の残飯を洗っていると、流石に気持ち悪くなって……我慢できなくなり、ゲーッ!! と自分のゲロで五人分くらいの食器を洗っていた。結局、その晩は十三回吐いた。最初は普通のゲロなのだが、次は黄色い胃液、そして最後にグオーッ！ と絞り出すと、黒いものが出てきたのには驚いた。（まさか、うんこ!?）かと、思ったら胆汁だった。（ホッ！）

朝日新聞（1975年）

三年生の冬のある日、「朝日新聞」を読んでいると、僕の心に電流が走った。それは連載されていた〝今学校で〟を読んだ時だった。そこには、その時代の小中学校の先生達の子ども達への理不尽な言動が連載されていた。読んでも、読んでもそこには向後美佐子もいなければ、河合隆慶もいなかった。（何なんだこれは！）（今の学校はこんなに酷いのか）（子ども達が可哀そうすぎる！）（教師にならなきゃ！）（俺が河合隆慶になる！）その夜、僕は教師になることを決意した。ところが、困ったことに僕は「教職課程」を履修していなかった。教育心理、教育原理、日本国憲法などの科目を取っていなかったのである。当たり前だ。教師になることなど、夢にも思っていなかったのだから……。

水産学部ではその教職課程を履修できなかった。これには困った。（教師になろう！）

と決めたのに、なる方法が見つからない。僕は北海道教育大学函館分校に向かった。『北大の学生なんですが、教職の単位を取ることはできませんか。』とお願いしたのだ。「ふざけてるのか。そんなことできる訳ないだろう。」『同じ国立大学じゃないですか。』「駄目だ。」と相手にされなかった。

そこで、今度は札幌の本学に電話をした。『水産学部の学生なんですが、そちらで教職の単位を取ることは可能ですか?』「……可能ですよ。ただ、北大一〇〇年の歴史の中で、やった学生は一人もいませんが……」『僕がやります! 函館から札幌に通います。お願いします!』「分かりました。」僕の前に道が開けた瞬間だった。

僕は札幌に行って、本学の事務室で手続きをした。先生達にも会って、『頑張ります!』と言って、授業にも真面目に出席した。いくつかの科目の先生が「レポートでいいよ。」と言ってくれた。ところが、〝日本国憲法〟の先生だけが、「授業に参加しないと単位はやらん。」と言うのだ。もう、覚悟を決めるしかなかった。函館から札幌まで、毎週木曜日の二時限目に間に合うように通うことにした。

困ったことが二つあった。一つはお金が無かった。毎週、札幌まで通う交通費が僕にはなかったのだ。河合先生に悪いことはしないと誓ってから、悪いことは一つもしていなかった。(笑)だけど、先生になる為には……許してくれるだろう。勝手にそう思うことにした。僕は夜、函館駅で入場券を買って夜行の鈍行に乗り、札幌にテニス部の後輩の聡を迎えに来させるという作戦を考え、それを実行した。聡は入場券を二枚買い、そのうちの一枚で駅構内に入ると、その二枚を僕に渡し、僕はトイレの中でその切符を同じ形にカットして……札幌駅の改札から出ることに成功。こうして、僕は北大本学で「日本国憲法」を学び、終わるとテニスコートで思いきりテニスをやって、夜は友達の家に泊まり、木金土日と札幌で遊び、月曜日の朝、夜行で函館に戻る。という生活を続けたのだ。（帰りは無人駅で降りるので、迎えは必要なかった。）

圭司（1976年）

教職課程を履修する上でもう一つ問題があった。それは木金土の函館の授業が受けられなくなるということだった。教職の単位は必要だが、水産学部の単位が無ければ卒業できないのだから、物理的に不可能な問題だった。しかし、その問題はテニス部の後輩圭司が解決してくれた。圭司は僕よりも貧しくて、食べるのに苦労していた。『圭司、お前の朝昼晩の食事の面倒はここで俺がみるから、お前……俺の代わりに授業に出てくれ！』「いいですよ。」圭司は二つ返事で引き受けてくれた。たまたま僕の授業と圭司の授業は重なってなかったので、圭司は木曜日だけでなく、金土の授業も僕の代わりに受けてくれたのだ。そして、当たり前のようにテストも僕の代わりに受けてくれたのである。普段から授業を真面目に受けていた圭司を先生達は「たかむら」だと思い込んでいたので、何の問題も起きなかった。圭司は頭が良かったので受けた科目は全て「優」。

一方の札幌の方も無事に合格して、僕は物理的に不可能なことをなんとかクリヤーしたのだった。今なら二人とも退学だったかも知れないが……。

テニスの方は流石に諦めた。試合に出ながら教師を目指すことは流石にできなかったのだ。インカレの夢よりも教職の夢を優先させたのである。テニスができなくなり、寂しくなって煙草にはじめて手を出したのもこの頃である。

オホーツク海（1976年）

オホーツク海への実習は厳しかった。「北星丸」という小さな船でサケ・マスの流し刺し網漁をするのだが、サケ・マスが通りそうなところに、その網を夕方から九キロも流すのだ。その九キロの長さの網を夜明けから、片方は器械、片方は人力で引き上げるのである。言ってみれば、新座から所沢までの長さの綱引きをするようなものだ。その網に一晩で二万尾も鮭が引っかかった時などは、本当に死ぬかと思った。引き揚げてから、一匹、一匹体長を測り、体重を測って、鱗を取って、お腹を割いて、卵や白子を出すのだから……その作業が明け方から夕方まで続くことがあったのである。

北方領土の島々にはソ連の砲台があって、こっちを向いているし、横須賀沖ではアメリカの原子力潜水艦が急浮上したのと遭遇するし、日本の周りは中国・韓国・北朝鮮の漁船が漁をしているし……僕ら実習船の後ろをついてきた根室の漁船がソ連に拿捕されるし……日本の海の厳しさを肌で感じた実習だった。そして、この実習が僕の人生観に大きな影響を与えたことだけは確かなことだった。

教育実習（1976年）

僕の教育実習は函館中部高校の定時制。一年生の生物を受け持ったのだが、それはまあ酷い授業だった。それでも子ども達は真剣な目で僕の授業を受けてくれた。殆どの子達が昼間は看護学校に通う子達。疲れているだろうに、眠い目を擦りながら一生懸命僕の拙い授業に集中してくれていた。定時制だから、窓の外は真っ暗。教室の窓ガラスには自分たちの姿が映る。僕はその姿を見ながら、初めて自分が定時制高校の側にいる人間であることを意識したのだった。全日制という世界しか知らなかった僕にとって、定時制の世界にいられたことは幸せなことだった。二週間の実習が終わった時、教頭先生は僕らにこう言った。「君たちの授業は確かに酷いものでした。でも、君たちには私たちが無いものがあります。私たちが失ってしまったものがあります。それは〝言葉〟です。あなた方は彼らと共通の言葉を持っています。どうか、〝彼らと共通の言葉〟を大切にしてください。一度失うと二度と戻ってきませんから……」僕は（その〝言葉〟を頼りに生きよう！）そう決めたのだった。そして、それが僕の最大の武器になるのである。

教育実習が終わって数か月後、僕は彼らの遠足に招待された。「子ども達がたかむら先生に会いたいって言ってるんですよ。」「そんなことは初めてのことなので、是非来てください。」と先生。勿論、僕は喜んでその大沼公園への遠足に参加したのだった。その時の写真は今でも大事にしている。僕の授業を受けた最初の生徒達との写真だから……。

教員採用試験（１９７６年）

それでもとんでもない困難が僕を待ち受けていた。埼玉県教員採用試験の一次試験の結果が函館の丸山アパートに届かなかったのである。当時の僕は頻繁に東京に帰っていたので、函館に結果が届くのを避けたのだ。卒業前に当時付き合っていた彼女と結婚すると宣言し、父親に勘当されていた僕は一次試験の結果を自分の家でも両親の家でもなく、富山の祖母の家に届くようにしたのだ。ところが、その祖母が千葉の叔父の家に行ってしまい、僕の一次試験の「合格通知」が僕に届くことはなかったのである。合格通知が来ないのだから、二次試験の面接に行けるはずがない。函館札幌間をただ乗りしたので、神様が怒ったのかも知れない。面白いのは、それを知った父が、埼玉県の偉い誰かと掛け合ってくれたらしく……僕のところに「面接に来るように。」という連絡が来たのだ。（そんな馬鹿な……）

実はもう諦めていて、函館の単位を三つばかり落とすことも気にしていなかったときに、その連絡が来たのだ。僕は水産学部の四階の教授の部屋で窓の外の函館港に停泊している連絡船を見ながらこう言った。『先生、あの連絡船に乗らないといけないんです。僕を待っている子ども達がいるんです！　先生、卒論は必ず出しますから、可でいいのでください！』そう言って先生に頭を下げた。すると先生は「必ず出せよ。約束だぞ。」と、言って可をくれることになったのだ。僕は残りの２科目も同じ手で「可」を貰うことに成功した。そして、本当にその連絡船に乗り北海道を後にしたのである。勿論、その約束が果たされることはなかった。その後の二十一年間は忙しくて、それどころではなかったのである。

面接（1977年）

埼玉県教育委員会南部事務所での面接で、「大学の卒業証書が必要です。」「新座市役所に行ってください。」と言われ、僕は新座市役所の教育委員会に向かった。そこに居たのは中村敞一郎という教育委員会の次長で、随分と教育に熱いおっさんだった。（教育委員会にもこんな人がいるんだ……）僕は埼玉のど田舎の新座市がちょっと好きになった。帰り際、敞一郎先生は「頑張って！」と笑顔で僕に言った。

採用されるのに大学の卒業証書が必要だとは思わなかった。そもそも卒業式に出席していないのだ。埼玉に向かう僕の代わりに卒業式には圭司が出席、「たかむらともや」の名前で証書を受け取っていた。（先生方は誰も気がつかなかったというのだから凄い。）僕は圭司に連絡して、『卒業証書を持って来れる?!』と言うと、圭司は「わかりました。」と又二つ返事で証書を届けに東京まで来てくれた。自分が持ってきていた〝教員免許〟と圭司が持ってきた〝卒業証書〟を提出して、僕は無事に採用されたのである。卒業が出来たのも、教職の単位が取れたのも優しい大学の先生達と圭司のお陰。教員免許の中身は本物でも、卒業証書は怪しいというか、完全にアウト……だけど、今となってはもう遅い訳で……。僕に習った子ども達。ごめんね……。

校長と神バ（1977年）

僕が赴任することになったのは新座市立第五中学校という新設校だった。驚いたのは四月の初日。職員室に行くと、一番前の真ん中に座っていたのは、あの中村敞一郎だったのだ。『なんでいるんですか？』「ははは、俺が校長だよ。」『え〜っ！』敞一郎先生は二次試験を受けてなかった僕を自分の学校に採用してくれたのだ。

そして、五中に赴任して、一番驚いたのが〝三学年〟に配属されたことだった。他の新任の仲間達は一学年か二学年なのに、僕一人だけが〝三学年〟。これにはマジで参った。『何で俺だけ三年なんだよ!!』

面白かったのは、用務員さんだと思った太っちょのおばあちゃんが学年会に居たこと。しかも、その太っちょのおばあちゃんが「学年主任」だというのだから本当にビックリした。

しかし、最初の学年会議ではもっと驚くことが僕を待っていた。担任が決まらなかったのである。新座中と三中が合わさってできた新設校の五中。先輩達が担任することを嫌ったのだ。校内暴力が吹き荒れる時代だった。クラスの半分が知らない生徒ではベテランの先輩達でも自信がなかったのだろう。

「たかむら先生、校長先生が呼んでます。」と太っちょのおばあちゃんが言った。嫌な予感がした。校長室に入ると敵一郎先生はこう言った。「お前、三年の担任やれ！」『無理ですよ！』「お前なら大丈夫だ。」『何を言ってるんですか。俺、浦和高校しか知りませんよ。』「大丈夫だ。お前ならやれる！」敵一郎校長の言っている意味は分からなかったが、採用の時の恩を考えると、断るという選択肢はなかった。『分かりました……』そう言うしかなかった。学年会に戻ると、一組の甲神畠が「大丈夫、たかむらさんなら大丈夫。」と真顔で言ってくれて……不思議と安心したのを覚えている。畠は僕の九つ先輩。その後、僕の本当の兄のような存在になっていく……。

教科部会（1977年）

三年の担任。それだけでも大変なことなのに、次の日の教科部会で本当に信じられないことが起きた。「たかむら先生、三学年も一クラスだけ持ってください。」そう言われたのだ。（そりゃ、無理だろうよ。三年の担任をやるのだって、無茶なんだから。その上、三年生も一クラスって……）『いやあ、流石にそれはちょっと……』「大丈夫でしょ。たかむら先生なら……」その時の〝大丈夫〟には何の愛情も感じなかったのを覚えている。〝大丈夫〟には「優しい大丈夫」と「非情な大丈夫」があるのだ。大学を出たばかりの新任に三年の担任をやらせ、三学年の授業もやらせる。そんな「優しくて非情」な先輩達との一年がはじまろうとしていた。

その一年で人は見かけによらないことを僕は知ることになる。学年主任の太っちょのおばあちゃん、神宮司久子が僕にとって、本当の母のような存在になっていくのだから……。

神宮司久子は子ども達から「神ばあ」とか「神ば」とか呼ばれていたが、僕は「神さん」とか「母さん」とか「ばあさん」と呼ぶようになっていく……。いくらなんでも「ばあさん」は酷いよね……。ばあさんは僕のことを「あんた」と呼んでたかな。『ばあさん、また明日ね！』「うん、あんたも気をつけて帰るんだよ。」『うん、じゃあね。』「じゃあね！」

猛彦と博子（1977年）

僕は三年四組の担任になった。当時の中学校は全国的に荒れていたので、新任が担任を持つこと自体が殆どあり得ない時代だった。だから、中三の担任をやる新任は日本で僕一人だけだったのは間違いない。進路指導と生活指導の両方を大学出たての新任に任せようとしたのだから、中村敞一郎の初代校長としての判断には驚くばかりである。

その時の光景は一生忘れられないだろう。始業式が終わり、三年四組の教室に入ったとき、僕が目にしたものは想像できないものだったのだ。『おはよう！』と四組のドアを勢いよく開けたのだが……誰一人として席についていなかったのである。子ども達は全員怖い顔をして教室の周りに立っていたのだ。

『どうした？　席に着こうよ。出席番号順でいいから……』「……」『さあ、座って、座って。みんなどうした？』担任の言葉に全く反応しない子ども達。そのまま何分か経って……困った顔で僕が立っていると……女の子の誰か（多分、博子）が「座りましょうよ。」と言ってくれて、女の子は席に着いてくれた。『男子も席に着こうよ。』と言ったのだが、「嫌だね！」と、一番小さいのがふてくされたように言いやがった。（この野郎！）と思ったが、グッと堪えた。すると、頭に剃りが入って気合の入ったのが、「おい、座れよ！」と一言。ダダダダッ！　その一言で全員が席に着いた。（こいつだ！　こいつを味方にすれば勝ちだ！）僕の勘がそう教えてくれた。

それが猛彦だった。クラスを決めるとき、猛彦のカードには大きな×がつけられていたが、そんなことはどうでもよかった。×を付けたのは新座中の先輩達で僕ではない。このクラスでは猛彦の力を借りるしか生きる道がない！　……僕はそう思った。

その勘は当たっていた。猛彦と一緒にいることで、僕は三年生の男子から攻撃されることはなかったのだ。二年生の番長からは体育館に呼び出されたが、『タイマンならいいよ。』「わかった。」で解決。タイマンで体育会系男子が中学生に負ける訳がなかった。

猛彦とは放課後も一緒に居た。僕の四〇〇ｃｃのバイクの後ろに猛が乗り、「暴走族」の検問にひっかかったこともある。「このバイクは誰のだ。」『俺のです。』「お前ら、どういう関係だ？」『教師と生徒です。』「どっちが教師でどっちが生徒だ？」僕は実年齢より若く見え、猛は老けて見られがちだったのだ。僕と猛はまるで兄弟のようにいつも一緒にいた。

一方の博子（ヒーコ）は学級委員をやりながら僕を助けてくれた。三年の担任と二年生の理科を持たされて、もうアップアップしている僕を見て、ヒーコはやれることは何でもやってくれた。出席簿を付けるのは最初から最後までヒーコがやってくれたし、僕の理科の授業ノートを完璧に取ってくれて、テスト前に僕にコッソリ貸してくれたのもヒーコ。僕はヒーコのノートを見ながらテストを作ったのだから、もう滅茶苦茶である。

出席簿は公簿だから、生徒がつけていい訳がないし、生徒のノートを見ながらテストを作る教師なんてあり得ない話なのだが……僕は実際にヒーコのノートに助けて貰っていたのだ。それくらい、余裕がなかったのである。最初の一年、猛とヒーコ。この二人が僕の精神的支えになっていたことだけは確かである。公立受験の日、「暇だからどこか行かない？」というヒーコの誘いに負けて、私立組と石神井公園に遊びに行ったのもいい思い出だ。『みんなが受験の日に遊びに行ったなんてバレたら大変だから、絶対に秘密な。』「わかった。」という訳で、みんな、あの時はごめんね。

美春（1977年）

一学期の六月頃、授業中に四組の女子四人が授業を抜け出して、近所の社宅の屋上にいるという情報が学校に入った。授業を自習にして、駆けつけ『お前ら何やってんだ。心配したぞ！』と言うと美春がこう言ったのだ。「あたいたちは先公になんか心配されたことなんか、ねえんだよ！」『馬鹿野郎！　俺はお前たちの担任だあ！』「それがどうしたんだよ！」と、恵子。里美も同調した。『兎に角、学校に帰るぞ。』「うっせえなあ……」美春の不貞腐れた顔が忘れられない。

職員室に戻って、三組の帯刀先生に『こういう時、どうしたらいいんですか？』と聞くと「あんたに分かったら、俺たちゃあ飯の食い上げだよ！」帯刀先生はそう言って、セブンスターを一本僕に差し出した。教師になると決めてから禁煙していた僕はそれをきっかけにハイライトを一日に五十本吸うようになってしまった。

十五歳の美春と二十三歳の担任。それから数か月後の卒業式で美春も僕も抱き合って泣いて、さらにその数年後に美春の結婚式に呼ばれ、自分が泣くとは思ってもみなかった。当時の僕は十五歳の美春たちにどう接したらいいか分からず、ただただアタフタとしていた新米担任だった。

三十五分授業

当時の授業は四十五分。これが辛かった。特に教材研究が追いつかない二年生の授業が辛かった。三年生は四クラス教えていたので一回やれば四回カバーできたのだが、二年生はしっかり準備しても一回で終わり。今なら何時間でもしゃべり続けられるだろうが、二十三歳の僕にはそれができなかった。そこで考えたのが授業に五分遅れていく作戦である。子ども達は喜んだ。それを見て五分早く終わらせると……子ども達は大喜び。五分遅れて行き、五分早く終わらせる三十五分授業で何とか切り抜けたのだから酷い教師だった。二年六組の子ども達、本当にゴメンね。でも、この五分授業を短くする作戦が後で役に立つのである。

進路指導（1977年）

三年四組の進路指導は滅茶苦茶だった。「俺、この高校に行きたい。」『よーし。わかった。』「私はここどうかな。」『いいね。行けるに決まってるだろ。いけいけ！』浦和高校しか知らない担任は子ども達と一緒に勉強するという方法で進路指導をしたのだ。偏差値が10足りなくても『俺はもっと酷かった。大丈夫、一緒に勉強しよう。』

三年四組は学年で最下位から、あっという間に学年1位になった。そして、殆どの子達が第一希望の高校に進学して行った。全員が合格した後に、みんなでスケートに行ったのもいい思い出だ。当時の写真を見ると、どう見ても同級生にしか見えない担任の僕がいる。

教師脳と言うのは面白いもので、今でも三年四組の子どもの名前は出席番号の1番から順番に全員言うことができる。僕の教師人生を決めてくれたクラスと子ども達には感謝の気持ちしかない。

テレサ・テン（1977年）

四組の進路をサポートしてくれたのが一組担任の甲神嵒だった。いつも二人一組で私立の高校を一緒に回ってくれたのだ。車の運転が出来ない僕の代わりに九つ上の先輩はいつもいすゞベレットを運転してくれた。先輩が凄かったのは、本当によくご飯を御馳走してくれたこと。『僕はいつも乗せて貰っているんだから、せめて代わりばんこにしましょうよ。』と僕が言うと、「わかった！」と嵒。とんかつ定食を御馳走になった次の日、「アイス食いたい。」とアイスを僕に奢らせて、次の日はまた豪華な定食を奢ってくれる。そして、僕の番になると、また「たい焼き」やお菓子を「買ってきて」……そんな粋な先輩だった。僕らはターゲットの私立高校に偏差値が少し足りない子をお願いする時は必ず綿密な作戦を練っていた。そして、テレサ・テンの「時の流れに身をまかせ」を二人で思いきり歌ってから高校に乗り込んだのだった。

あるときは、高校の先生達の前で僕は嵒に思いきり「罵倒」されるという芝居をした。またある時は基準の点数に満たない子達の資料をわざと忘れ、電話で確認するという芝居もした。高校の公衆電話で五中に電話。『あ、たかむらです。今日の給食なんですか？あ、了解です。』十分後、校長室に戻り、『確認したところ、最近の偏差値は58、60、61でした。平均だとギリギリ足りてませんが、上がってきているのでどうでしょう！』「それなら大丈夫です！」『よかった！』

兎に角、子ども達の力になりたかったのだ。僕らは学年の全ての子達の「確約」を取った。僕は嵒から、進路指導の全てを教わったのだった。確約をとった後は、勿論一緒に猛勉強。彼らが高校に入ってから困ることはなかった。

敞一郎（1978年）

泣いたと言えば、第一回目の卒業式の後、校長が「俺は辞めることになった。後はよろしく頼む。」そう言ったのには参った。どうやら、教育長になるので辞めることになったらしい。僕は校長室で『ふざけるな！　あんたは俺たちと一緒に五中を日本一の学校にしようって言ったじゃないか！』そう言って泣いて抗議した。「たかむら、しょうがねえんだ。お前の気持ちは分かるが……しょうがねえんだ。ごめんな。」敞一郎は済まなそうにそう言った。『ふざけるなよ……俺はあんたがお前ならやれるって言ったから……頑張ったんだよ。たった一年でいなくなるんじゃねえよ。一緒に五中を日本一の学校にするんじゃなかったのかよ！　そう言ったじゃねえかよ！』僕はそう言って、また泣いた。

敞一郎は「たかむら、五中の体育祭を日本一の体育祭にしろ。」そうも言ったのだ。体育科でもなんでもない新任の僕に、五中の体育祭を有名にしろ。そういう指令を出していたのだからもう滅茶苦茶である。そして、五中の体育祭は地域では有名な体育祭になった。紅白の応援団中心の中学校にしては妙に盛り上がる体育祭になった。実はテレビでも有名になった僕の母校、石神井高校応援団の影響があったのである。

一生懸命（1978年）

猛彦達を卒業させた後の入学式が忘れられない。五中の4期生は本当に可愛かった。猛彦や美春の後の一年生である。男の子も女の子も小学校で×を付けられた子達はいたが……猛彦や美春達と比べたら、それはもう可愛いなんてもんじゃなくて……入学式はずっとニヤニヤしていた。担任のニヤニヤは子ども達にも伝わったのだろう。子ども達もみんな笑顔、笑顔だった。

猛彦達との一年間では学級通信を余裕がなくて、数枚しか書けなかったのだが……この子達に出会って幻の学級通信『一生懸命』を書き始めた。どんな人間であっても〝一生懸命〟な姿は美しいということを子ども達に伝えたかったからこの名前にしたのである。幻というのは、どうせ長続きはしないだろうと思ったから。(笑)でも、この幻の学級通信は二十年間続き、後半の十一年は毎日発行されることになるのである。

祐二(1978年)

一年三組に祐二という子がいた。授業中に鼻の穴に鉛筆を二本差して周りを笑わせるような子だったので、僕は祐二が可愛くてしょうがなかった。祐二も僕の顔をジッと見つめて真剣に話を聞いてくれた。ところが、祐二は理科の授業で全くノートを取ろうとしないのだ。『祐二、なんでノートに何も書かないの?』すると祐二は「集中してるから……」と真顔で答えたのだ。僕はその言葉を信じることにした。そして、中間テストで祐二の言葉が本当であることがわかった。祐二の理科の答案は満点だったのだ。祐二は他の教科では全く才能を発揮しなかったが、理科だけは三年間ずっと5、常にトップをキープしてくれた。祐二は三年間、ノートを書かずに、僕の授業を頭に描いて覚えてくれていたのだ。祐二はきっと右脳を使っていたんだと思う。書くだけが正しい勉強法ではないことを僕は祐二に教わったのである。

賢一（1978年）

賢一との出会いも運命的なものだったと思う。賢一は剣道部、甲神嵒の愛弟子である。剣道も強かったが、勉強もできた。賢一のお父さんは西武バスの運転手さん。テニス部の県大会、関東大会、全国大会ではいつも賢一のお父さんが運転手をやってくれた。賢一の家は学校の正門から四軒目。体育館のすぐ目の前にあった。その家で後に「ビンタ事件」が起きる。賢一達が中三になって、サッカー部に南という転校生がやってきた。南の歓迎会をすることになって、賢一の家で〝大貧民大会〟が行われた。その時に「たかやんも呼ぼうぜ」となったらしく、僕はのこのこと出掛けて行った。

メンバーは昭弘、ババツ、賢一、英樹、南、クブリ、大森……その時の罰ゲームは〝十回目で大貧民になった奴は全員からビンタされる〟というものだった。新座の中学生達に初めて大貧民を教えたのは僕だったので、僕は大貧民で一度も負けたことがなかったのだが……。何故かその日に限って二回連続で負けて。七人から思いきりビンタされた訳で……顔がパンパンに腫れてしまい、次の日も腫れが引かなかったのを覚えている。転校生の南が「先生を思いきり殴れる学校なんて凄い！」と感動していたらしい。その賢一の家に自分が引っ越すことになるのだから、人生何が起こるか分からない。五中の隣に引っ越すことで、また事件が起きていくのである。

A10神経群（1978年）

「高邑先生、小学校で理科嫌いになってしまう子が多いんですよ。何とかしませんか。」と言われても、当時の僕には『面白い授業やるしかないいんじゃない。』と、しか言えなかった。しかし、僕が実際にやったことはギターを持って教室に行くことだった。授業の最初の五分、ギターを弾いて歌を歌ってから授業に入ったのだ。自分が中一の時の英語の授業で受けた感動を理科の授業でやろうとしたのだから笑える。英語の授業に英語の歌なら意味が分かるが、理科の授業にギターと千春や剛の歌。なんの関係もないように思える作戦なのだが、実は脳科学的には正しい選択だったことが後でわかる。四十五分授業の最初の五分に歌を歌うことで、子ども達に「千春の歌はいい」「剛の歌はいい」「理科の授業は楽しい」「たかやんは面白いから好き」そう思わせることが大事だったのだ。それが子ども達の脳の〝A10神経群〟を刺激し、理科は楽しい、たかやんは面白いから好き……そう思わせることで子ども達の脳を騙し、それが理科の学力を上げることに繋がっていったのである。好きになった先生の教科は誰でも勉強したくなる。それがA10神経群の秘密。僕が中学時代に河合隆慶の社会を勉強したのも同じだったという訳だ。僕も社会という教科が好きだったのではなく、河合隆慶が好きだったから、自然に社会が好きになっていったという訳。これが功を奏し、理科の学力はグングン上がっていった。僕の授業力というより、ギターと歌の力が大きかったのだと思う。ま、邪道だよねえ。(笑)

絶対評価(1978年)

当時は相対評価が当たり前の時代だった。それにどうしても納得できない僕は子ども達に言った。『中間と期末で平均点が90点を超えたら誰でも5をやる。70点以上は4だ。俺と喧嘩しようが、授業中寝ようがテストで90点以上取れば誰でも5だ。』そう宣言して、その通りに評価を出した。県立高校に出す調査書はそういう訳にはいかなかったが、それ以外は全て絶対評価で通したのである。先輩や同僚達からは随分ブーイングが聞こえて来たが、子ども達からは絶大な支持を得たのである。頑張れば誰でも「5」を取れるのだから……。

幻のその7(1978年)

絶対評価と同時に取り入れたのが「幻のその7」。テスト問題は普通1番からはじまって1・2・3・4・5・6・7・8と続くものだが、わざと7番を抜いてテストを作ったのだ。「先生! 7番がないんですけど……」『7番は自分で作れ、お前たちが自分で考えろ!』「えーっ!」『いい問題と答えだったら、点数をやる。それで100点を超えたら、次回のテストに繰り越してやる。』「ホント!?」 100点満点の中間テストで105点取ると、次の期末テストに5点加算されるというシステムを作ったのだから滅茶苦茶だった。でも、テスト勉強でヤマが外れた子達はこのシステムで救われ、点数が貯金されることで評価は上がり、みんなが理科を好きになっていくという仕組みでもあったのだ。学力テストで理科の点数が県の平均を大きく上回っていったのには、こんな裏があったのである。

たかやん（1978年）

この子達が僕に「たかやん」というあだ名をつけてくれた。猛彦達には「たかむら」と呼び捨てにされるか「先生」と言われていたが、この子達からは「たかやん」と呼ばれるようになって、一気に距離が近づいた記憶がある。実はこの「たかやん」アクセントが難しい。「た」に力を入れる呼び方と、「か」に力を入れる呼び方があるのだ。まあ、どっちでもいいのだが……正しいのは「た」に力を入れる方である。（笑）

みっちゃんと千春（1978年）

一年三組に頭が良くて、可愛くて性格もいい女の子がいた。みっちゃんは男の子は勿論、女の子からも先生からも人気があった。猛彦と美春達を卒業した後の一年生である。全ての子が可愛いとかいうレベルではなくて、入学式からずっと、僕はデレデレしていたのは前に書いた通り。毎日が楽しくて、楽しくて……一年があっという間に過ぎていったのを覚えている。当たり前だが、学年の最後に『このまま二年生に持ち上がりましょう！』と僕は言った。学年の反応はアウト。「クラス替えはしないと。」『したくなーい！』「します！」『嫌だ！』「じゃあ多数決で！」『糞っ……』圧倒的多数決で一年三組は解散することになった。可愛かった子達がバラバラになるのは耐えがたいものだった。

そして、二学年になり、僕は最後に残ったクラスを持つことになった。そう、まだ三年目だったけれど、猛彦や美春を無事に卒業させた僕は既にクラスを選べる立場ではなかったのである。

僕は二年一組の担任になった。その始業式の日、みっちゃんが泣きながら僕のところに来た。「なんであたしはたかやんのクラスじゃないの？」『みっちゃんはいい子だから、先に取られちゃったんだよ。ごめんね。』「なんでるり子やポッポはたかやんのクラスなの？」『何でって……（最後に残ったクラスだったんだよ）』みっちゃんはそれから卒業するまで、僕と一度も口をきいてくれなかった。（俺だって、みっちゃんの担任になりたかったよーっ！）可愛かったみっちゃんとの苦い、苦い思い出である。

千春も二年生の初日に僕に文句を言ってきた。『ごめんね。千春は先に取られちゃったんだよ。』千春はちょっと不貞腐れた顔をしたが、授業ではいつも笑顔で僕のことを見てくれた。そして、卒業して何十年経った今でも、保谷駅に笑顔で登場し、寒い日にはハグしてくれるのだ。駅に立っていて、教え子の笑顔とハグほど嬉しいことはない。

担任というのは不思議な生き物で、四月五月くらいまでは前のクラスの子達の夢を見るのだが、六月ぐらいからは新しいクラスの夢を見るようになる。頭は四月で切り替えるのに、心はなかなか切り替えられないのだろう。

あっちゃんとるり子（1979年）

二年一組の学級委員の決め方は酷かった。『一番小さいのが学級委員な。』という担任の一言で学級委員が決まったのだ。それで一年間、通したのだから笑ってしまう。男子はバパツ、女子は敦っちゃんが一番小さかったので、学級委員になった。敦子は小さいが運動神経抜群でそれは、それは口が達者な可愛い子だった。機関銃のように喋るので中学生の男子ではまず太刀打ちできない。担任の僕でも、ちょっとミスしようものなら、ダダダダダダと敦っちゃんが吠える訳で……。まさか、敦っちゃんとオタンコが結婚するとは、夢にも思っていなかった。そして、三年間僕のクラスだったるり子と猛彦と同じ三年四組の友和が結婚するとも思っていなかった……。二組の結婚式に呼ばれて、幸せだったなあ。

眼鏡、空を飛ぶ（1979年）

二年一組の担任になったばかりのときだったか、図書室で学年全員の英語をみたことがあった。その時に、騒いで集中してなかった眼鏡がいて、「ふざけるな！」とぶっ飛ばしたら……眼鏡が飛んで……図書室の窓から外に飛んで行ってしまった。それが道哉の「眼鏡、空を飛ぶ」事件だった。空を飛んだ眼鏡は確かレンズは無事でもフレームは壊れてしまい……。家庭訪問で『あの時は、すみませんでした！』「家の子が悪いんですから……」そんな会話があったような無かったような……。その道哉がまさか、我が家に居候することになるとは……当時は夢にも思って無かったのだが、それ以上に一緒に怒られた子が大だったということを後で聞いて、驚いた。何で大が騒ぐかね……後でちゃんと聞いてみないと……。どうやら、大も殴られたらしいのだが、担任の記憶には道哉しかいない……。

大と峯且（1979年）

二年一組になって直ぐの給食の時間の話だ。その日のメニューはカレー。その時、突然「大便！」と叫んだ馬鹿がいた。それが峰且。『てめえ、ちょっと来い！　人がカレー食ってるときに大便とか言っててんじゃねえ！　ふざけるな!!』と担任。ところが、峯且は「違うよ。大のこと呼んだだけだよ。大、勉強できるから、大勉。勉強の勉だよ。嫌だなあ……」『本当かよ……』「本当だよ。」『てめえ、嘘だったらぶっ殺す！』「神に誓って本当！」それから、大はみんなからも担任からも「大勉」と呼ばれたのだった。ところが、成人式の時にその話になって、峯且に確認すると……「まさか、大便に決まってんじゃん！」ときた。大は大で「だいべん」と呼ばれて平気な顔をしていたのだから凄い。大の親も気にもしないのだから凄い。流石、東大に行くだけのことはあるよねえ……。

僕は子ども達といつも一緒に定期テストを受けていたのだが、大だけには一度も勝てなかった。僕が五教科で４８３点取れば大は４８４点を取り、僕が本気になって４８８点取ると489点取る……そんな子だったのである。

二年B組（1979年）

その年の十月、あの〝金八先生〟がスタートした。二年一組の子達は金八に感動して……2年1組のプレートにマジックで3を付け加えた。そう二年一組は二年B組になったのだ。今の五中なら怒られるところだろうが、当時はみんな笑ってみていただけ。学年が上がるときに綺麗に消していって終わり。当時の僕は金八よりも遥かに忙しかった。金八は金曜日の八時から一時間だけの先生だったが、僕は違った。三六五日、二十四時間教師だったのだ。勿論、金八は楽しみにしていたが……。金八は脚本の中で生きていたが、僕は現実を生きていた。テレビの中の金八に負ける訳にはいかなった……。

一期一会（1979年）

二年一組の女の子達は美春達とは違った意味で大変だった。口が立つというか、二年生の癖に超生意気だったのだ。「一期一会」という四字熟語を知らなかった担任に、「こんなことも知らない人に担任やって欲しくない。あんた本当に先生なの？」と言ったのが宏美。運動神経が抜群の双子で頭も良くて、可愛くて……男子からも女子からも絶大な人気があった宏美の言葉は二十五歳の僕の心に鋭く刺さった。美春の「先公なんかに心配されたことねえんだよ！」という言葉もショックだったが、初めて担任した女の子に、教師としての素養不足を指摘されて、（四字熟語も諺も勉強しなきゃ）そう思ったのを覚えている。その宏美が大学生になって、僕のところに教育実習に来てくれるのだから、人生は面白い。出会った時に僕を教師として「否定」した宏美が、僕のことを一番信頼してくれる存在になったのは、一組がそのまま持ち上がったこととも関係している。

持ち上がり（1980年）

そう、二年一組はそのまま三年一組に持ち上がったのだ。二十一年間の教師人生で持ち上がれたのは後にも先にもこの一組だけだった。このクラス持ち上がりにはちょっとした壁と仕掛けがあった。一年三組の時と同じように、僕は二年一組を持ち上がりたい、そう思っていた。持ち上がるには同じ学年の教師集団の同意が必要だった。壁の一つは四組の担任が異動して、居なくなってしまったということ。もう一つは六組の担任が持ち上がりに反対だったということ。

僕はまず、六組の担任にこう言った。『一組から九組まで他の担任は全員持ち上がりたいと言っているのに、先生はそんなに自信がないんですか？　そういうことなんですね？』すると六組の女の先輩は「そんなことはありません！」「クラス替えをした方が子ども達の為になると思うんです。」『でも、本当は今のクラスを持ち上がる自信がないってことですよね？』「……わかりました。持ち上がります。」それで四組以外の担任は全員持ち上がりOKということになった。四組の担任の代わりに僕らの学年に参加したのが、川島勝治と笠原進の二人の先輩。その先輩に向かって『二人とも担任やりたいんだよね。持ち上がりだけれど、いいよね？』「いいよ。大丈夫。」二人に無理やりそう言わせ、後は二人が廊下に出てジャンケンをして、勝った川島勝治が四組の担任になった。普通、自分だけが新しく学年に入ったら、クラス替えをしたいと思うのに、この二人の先輩は持ち上がりで大丈夫と言ったのだから、凄い先輩達だった。そして、その川島勝治が後に僕を燃やすことになるのである。

伸之（1980年）

一年三組だった庸介と伸之が大泉のヤクザのところに出入りしているという情報が入った。何としても救出しなければ……そういう思いで、クリッタ（栗原昌巳）と大泉学園駅を張り込み、そのヤクザのアパートを突き止め、その部屋に押し入った。「テメエはなんだ！」『俺は教師だ！　庸介と伸之を返せ！』「あ？」『あ、じゃねえよ。俺の子を返せって言ってんだ！』後で伸之に聞いた話では、その時にもし、僕達が突入してなかったら……本当に刺青を入れられていたらしい。全身に刺青をしてたヤクザに気合だけで突っ込んでいったのだから、若かったんだろうなあ……。二人を奪還できて、本当によかった！その伸之が今じゃ会社の社長になって、地元でいい仕事をやっている。「あの時、来てくれて本当にありがとうございました！」って言われて嬉しかった。

硬式テニス部（1980年）

三年一組の子達と朝勉に燃えていた頃、男子テニス部の子達は不安に駆られていた。「このままだとたかやん、サッカー部の顧問になっちゃうんじゃね。」「その噂、俺も聞いた。」「朝練はちっとも来てくれないし、午後練はサッカー部の練習に行っちゃうし……」「何とかしなきゃ……」「そうだ！　たかやんは硬式が専門だから、硬式テニスをやるって言ったら、コートに来るんじゃないかな。」「それだ！」多分、そんな会話があった後、彼らは僕のところに来てこう言った。「明日から硬式テニスをやるから、教えてください！」『何言ってんの？』「硬式のボールも十三個集めました。」『本気で言ってるのか？』「はい。」『軟式の試合はどうするんだよ。』「出ます！」「でも、普段は硬式の練習をやりたいんです！」「男子テニス部だから、軟式だって硬式だっていい筈です！」『本気か？』「本気です！」

実は最初の年に僕は敞一郎に校長室でこう言ったのだ。『校長、硬式テニス部を作らせてください。必ず日本一にして見せます。』「たかむら、日本一はいいけんどよう。今、軟式テニスをやってる子達はどうすんだ？　その子達の気持ちはよう。」『……』僕は何も言えなくなってしまった。硬式をやりたい自分の気持ちばかり考えて、軟式をやってきた子達の気持ちを考えられなかった自分が恥ずかしかった。『すみませんでした。わかりました。』「お前の気持ちはわかるがな。お前は今いる子達を強くしてやれ。優勝するんだぞ、いいな。」敞一郎はそう言った。そして、僕は一年半で五中軟式テニス部を市大会、班大会、県南大会で優勝させるところまではやったのだ。

そのテニス部の子達が「顧問をサッカー部に取られるかも知れない」という理由で、「硬式テニス部にします！」と言ってきたのには本当に驚いた。その子達の期待に応えたい……そう思った。いつも、テニスシューズを片手にサッカーシューズを履いて、サッカーばかりやっていた顧問が、その日を境に二度とサッカーをやらなくなった。完全に子ども達の読み勝ちである。

当然、内外からクレームは来た。「大会はどうするんだ。」『男子テニス部だからねえ。軟式の大会には出るよ。勿論、硬式の大会にも出るけどね。軟式の大会に出て、勝てばいいんだろ？　県大会までは行くからそれでいいだろ？』そんなことを言ってるうちに、他の学校の軟式テニス部の顧問に「硬式やりながら、軟式の大会に出てくるなんて……軟式を馬鹿にしているのか！」と言われたので、『え？　大会に出ないくていいの？　いいなら、出ないよ。本気で硬式やりたいから、本当はそんな暇ないんだ。ありがとう！』と、完全に軟式テニスとはさようならをしたのだった。

ババツ（1979年）

二年一組にはテニス部のババツもいた。体は小さかったが負けん気が強く、テニス部ではエースだった。一年生の時に理科のテストで3点しか取れず、僕は古川先生を真似して

『部活やすむか？』と言ったら、「嫌です！」『じゃあ、再テストで90点以上取れ！』「わかりました！」そして、ババッは100点を取って、理科の評価は「5」。97点も努力したんだから、当たり前のことだ。そのババッ、高校入試の前、半年間我が家に居候をした。当時の評価は相対評価。我が一組は学年で断トツの1位だったが、相対評価だから内申は厳しい。ババッもその一人だった。「どうしても地元の県立高校に行きたい。」というババッとの合宿がはじまったのは九月。『どうしても入りたいなら、毎晩一緒に勉強だ！』と無理やり所沢の我が家に連れて行き、毎晩勉強をさせたのだ。

「俺も行きたい……」そう言ったか、『お前も来い！』そう言ったかは忘れたが、受験の三か月前には賢一、昭宏、道哉、オタンコ、英樹、正美、ババッの七人の男達が我が家で合宿をはじめ、所沢から五中まで毎日一緒に通っていた。

我が家の車は五人乗りのホンダクイント。七人は乗れないので、四人は車、残りの三人は電車というパターンだったのだが……「みんな乗れんじゃん！」と誰かが言いはじめ……小さいのがトランクに隠れて、全員一緒に行くという無謀な日々が続いた。中学校の教師が所沢警察の目の前でそういうことをやっていたのだから、本当に滅茶苦茶である。

紀（1979年）

七人の男たちが居候する一年前、一人の男が我が家に居候していた。それが「紀」。賢一の一年先輩で剣道部の副将である。居候するきっかけは赤団の応援団の合宿。所沢の我が家で赤団の応援団の会議が行われたのだが、応援団でもないのに付いてきたのが紀。どういう訳だか、我が家が気に入り……居候になった。

居候の期間は実に二年。一年三六五日一緒にいたのだから笑える。その後も野寺の家、新堀の塾、畑中の家にも居候した紀。その居候歴は全部合わせて七年くらいか……。

紀は長女の雪、長男の亮にとっては兄貴のような存在になった訳で……。今でもその関係は変わらず続いている。一緒に暮らした時間が長いのだから当たり前と言えば当たり前か。

所沢警察（1980年）

彼らが中三だったか、高一になってからだったか……我が家にビールが無くなって、『誰かビール買って来い！』と不良教師。それに応えたのが昭とオタンコ。昭は僕の自転車に乗ったのだが、オタンコが同じマンションの誰かの自転車に乗って「無灯火」で走り……所沢警察に捕まり、電話がかかってきた。当然、身柄を引き受けに行ったのだが……まさか生徒に『酒を買いに行かせました！』とは言えず、昭とオタンコもそれはまずいと思ったのか、口を割らず……注意だけで済んだのだった。その所沢警察に長男の亮が就職することになるとは……その時は夢にも思ってなかった訳で……。

久美子（1980年）

三年一組が修学旅行に行った時のこと。帰りの新幹線で四組の久美子の前に座った。すると久美子は「たかやん！　お願いだからタバコ辞めて！」「体に悪いからやめて！」真顔でそう言ったのだ。可愛い久美子から真顔でそんなことを言われて『分かった。関東地方に入ったらやめる……』僕はそう言うしかなかった。そして、本当に煙草を止めてしまったのである。ハイライトを一日五十本も吸っていたのに、久美子の一言でやめてしまうのだから、人間はわからない。変わらないのは中二の時の同級生のリエちゃんといい、二十六歳の時の十四歳の久美子といい、美人にはカラキシ弱い自分かも知れない。でも、その時の久美子のお陰で今も健康で生きていられるのだから、本当に有難い言葉だった。

朝勉（1979年）

二年一組は何をやらせても強いクラスだった。陸上競技大会、縄跳び大会、水泳大会、体育祭、文化祭、合唱コンクールの殆どで優勝……そして定期テストも後半には学年トップになった。その勢いを保つために、担任は定期テスト一週間前だけだった「朝勉」（他のクラスよりも一時間早く登校してクラスで勉強）を三年一組になってから、毎日やると宣言。年間を通して他のクラスよりも一時間早く登校という無茶をやりはじめた。しかし、その効果は抜群で、三年一組には学年トップ10に五人も入ったのだから凄い。そして、彼らは東大・京大・外語大・鹿児島大と国立大に進学したのだから本物だった。

朝勉には勿論、担任も参加するのだが、面白かったのは出来る子が出来ない子に教えるというシステム。二年間の持ち上がりなので、出来ない子は出来る子に遠慮なく質問するのが当たり前になっていて、その相乗効果で全体の学力も上がっていったのだ。そんな朝勉だったが二年間で担任に一度も質問しなかったのが大。まあ、定期テストでは常に担任より上を行くんだから、質問する意味はないかも知れないけどね。流石「大勉」である。

遊び（1979、80年）

二年一組も三年一組も信じられないくらいよく遊んだ。サッカーは毎日やっていたが、それ以外にも「大貧民」「将棋大会」「卓球大会」「ハンカチ落とし」「ウルトラクイズ」クラス全員で色んなことをやった。一番笑ったのは三年の二学期の期末テストの前日の日曜日。暇だった担任が『校庭空いてるから遊ぼうぜ……』と無謀な提案。それに乗ったのが、男達。緊急連絡網であっという間に全員集合。試験前日に思いきり汗をかいて……期末テストは断トツの1位。担任も担任だが、それに乗っかる男達も男達で……。毎日の朝勉の貯金は試験前日に少しくらい遊んでも使い切れないことを証明したのだった。当時の五中は埼玉県でも1位2位の学力を誇っていた。その原動力が朝勉だった……僕はそう思っている。

理準（1980年）

僕は職員室よりも理科準備室にいることの方が多かった。当然、子ども達は準備室に遊びに来る。子ども達は理科準備室のことを「りじゅん」と呼んだ。その理準では遊びもやったが、真面目な相談も多かった。一番記憶にあるのが理子の相談だ。理子は真顔で僕にこう言った。「先生、あたし看護婦になりたいんだ。なれるかな。」当時の理子は勉強が超苦手な女の子。内心（難しいかも……）と思ったが、僕の口から出てきた言葉は『大丈夫。理子ならなれるよ。』という言葉だった。きっと、函館中部高校時代の教え子達のことを思い出したのだと思う。彼女達は看護学校に通う子が殆どだったから……。理子はそれから猛勉強をして、本当に看護師になった。成人式の夜だったか、もっと後だったか「先生！　看護師になったよ！」という理子に『本当によく頑張ったね。』と言うと、「だって先生が大丈夫って言ったから。」と理子。教えられたのは僕の方だった。教師は子ども達の可能性を絶対に否定してはいけない……教師の言葉は子ども達の心に火をつけるんだということを僕は理子に教えてもらったのだった。

秀行（1980年）

理準に「数学が伸びなくて」という相談に来たのが秀行。勉強は出来たが、大には遠く及ばなかった。僕は本屋に行って「1・2年の総復習」という四〇〇円の問題集を秀行にプレゼントした。『三週間くらいで終わらせてごらん。』と言うと、秀行はその問題集を一か月で三回やってきた。すると、グンと成績が伸びたのだ。きっと同じ問題集を何度もやるという勉強法を身につけたのだと思う。彼は大と同じ川越高校に進学、大学受験では東北大と早稲田に現役で合格したのだが、我が家に来て「浪人して京大へ行きます。」と言った。『何でまた京大？』「どうしても京大で宇宙物理をやりたいんです。」『え？　何でまた宇宙なの？』「たかやんの宇宙の授業が楽しくて……」その次の年、秀行は京大に合格し、宇宙物理を学び、大阪大学を経て、今は東大の大学院で難しい研究をしながら先生をやっているのだから凄い。北大の入試で物理と化学を足して10点しか取れなかった教師に習ったのにねえ。（笑）

三中VS五中（1980年）

今では考えられないことだが、三中対五中で武器を手にして集団で乱闘寸前という事件があった。我が一組からも昭、オタンコ、ババツが参加。住民からの通報で乱闘は実現しなかったのだが、本当に危ないところだった。喧嘩に参加しようとした男達は捕まり、三中から五中に連れ戻された。そして、相談室で全員正座。長い説教がはじまるところだった。三年一組の担任は激怒した（フリをした）。一組の三人だけその場でぶっ飛ばし、『外に出ろ!!』と廊下に引きずり出して……そのまま一組の教室へ。『お前らなあ……一緒に暮らしているのに俺に言わないとは何事だ！』「言ったら止めるでしょ？」『あたり前だ。

大体、武器を持っていくとはどういうことだ。喧嘩するなら素手でやれよ!!』「素手ならいいんだ。」『当たり前だ！　お前らなあ、そんなに喧嘩したけりゃな。俺が相手になってやる！　机を片付けろ。上半身裸になれ！　ババツからだ。』「マジで?」『いいから脱げ！』最初はババツ。小さいが力があり、結構疲れる。二番目は昭、サッカー部の主将だけあって、いい足腰をしていたが、何とか倒す。息が上がったところでオタンコ。このオタンコ、実は空手の世界ジュニアチャンピオン。格闘技の天才だった。組んで倒したと思った次の瞬間、腕を取られて〝腕ひしぎ逆十字〟で『参った！』。三年一組の担任対生徒の決闘は担任が二人を倒したものの、最後にギブアップして、生徒の勝利になったのだった。

その日の夜、所沢の我が家での会話。『なんで賢一は行かなかったの?』「三中の頭と小学校時代の親友だからだよ。」「親友じゃねえよ。ただの友達。」『だったら、止めろよなあ……』「しょうがねえじゃねえ。こいつら馬鹿だから。言っても聞かねえし……」『俺には言えよな。一緒に住んでるんだからさあ……』「そいつは言えねえ。なんだかんだ言って、先生じゃん。」

実は三中の前にも五中の子達は東久留米のクリスチャンアカデミーの子達と戦って、その後友達になっていたというのだから、やんちゃな子達だった。普通、受験前に喧嘩したら「内申やばくね?」と思いそうなものだが、当時の中学生達はそんなことで僕達教師が内申を下げる訳がない。そう信じていたのかも知れない。

雪だるま（1980年）

あれは何月だっただろう。女の子の中で一番気が強かった宏美がクラスで独りになったことがあった。理由はよく分からなかったが、元気がなくなった宏美を独りにする訳にはいかなかった。僕はバイクでの通勤を止め、電車でひばりが丘へ行き、毎朝宏美の家によって、一緒に登校するようになった。最初は二人だけの登校だったが、日に日にメンバーが増え、いつの間にか凄い人数の集団で一緒に登校するようになって……気がつくと宏美は元気になっていた。そして一組全体も……。この雪だるま作戦はその後の僕のクラスでも活躍するようになる。

父危篤（1980年）

九月の終わり、三年一組の体育祭の予行演習の日の朝、「父危篤」の連絡が入った。一組は体育祭で連覇を狙っていたが、流石の燃える担任も「父危篤」には勝てない。『ごめん。行ってくる！　みんな頑張ってな。応援団も頑張れよ！』と言い残し、ジャージのまま四〇〇ccのバイクに跨って、富山に向かって走り出した。

休みなく走り続け、途中の妙高高原の山道で体が凍えていくのがわかった。八号線を走っていると日本海に夕日が沈んでいくのが見えた。（沈む前にいかないと……）間に合わないような気がして、更にスピードを上げた。父の最期には間に合ったのだが、次の日の朝、起き上がれなくなったのには参った。背中の筋肉が固まってしまったのだ。寒い中、ジャージ一枚で妙高高原を走ったのがいけなかったらしい。背中にお灸をすえて貰って、何とか動けるようになって、何とか生きている父さんに会えたのだった。

雪（1980年）

息を引き取る前の父さんが凄かった。父さんは、おばあちゃんが「新太郎」と言っても、お母さんが「お父さん」と呼んでも全く反応しなかった。でも、僕が長女の雪を抱いて『お父さん！　雪だよ！』と言うと、ガバッと上半身を起こして雪のことを抱きしめたのだ。そして、倒れて……涙を流した。それが父さんの最期だった。それ以降、息を引き取るまで二度と父さんの意識が戻ることはなかった。そして、十月二日の真夜中、父さんは僕と母さんが見つめる中、静かに息を引き取った。

体育祭の予行から二週間後、一組に戻ると、子ども達は泣いて喜んでくれた。「お帰り～っ！」「親父さん残念だったね。」「お袋さん、大丈夫？」子ども達の優しい言葉に涙が出た。最初の理科の授業は全員で校庭に出てサッカーをやった。父さんは失ったが、僕にはこの子達がいる。そう思った。

水俣病（1980年）

　三年一組の文化祭のテーマは〝水俣病〟だった。そこで学校の近くの集会所に〝胎児性水俣病〟の方を招待して、話を聞くことになった。その時のショックは今でも忘れられない。僕と同年代のその方は「こんにちは！」と入って来たのだが……僕らの目の前を這って登場したのだ。教科書で知っている〝水俣病〟ではなく、〝実際の水俣病〟を僕らはそこで見て、そして感じて、そして心が震えたのである。

　そう、我が一組は文化祭に真面目に取り組んでいたのだ。ところが、その準備の真っ最中に理科準備室で大貧民をして遊んでいた奴らがいたのだ。それに激怒したのが祐二。「お前らなんか、教室に入るな！」と泣いて怒った。これには参った。普段はクラスを仕切る奴らが、教室から追い出されたのだから……。「先生が主犯だろ。」とあきは言うが、担任は教室に入れて貰えたのだから……多分、無実だろう。（笑）

オタンコと牡蠣（1981年）

　雅明というちゃんとした名前があるのだが、「オタンコナス」というあだ名が短くなって「オタンコ」時々「ナス」。もう滅茶苦茶である。そのオタンコが受験前の大事な時期に広島の牡蠣を我が家に持ってきた。みんなで生牡蠣をバクバク食べ、次の日には炒めて食べたのだが……みんなであたった。その日の内に道哉が吐き、昭が倒れ、次の日の登校中に賢一が不調を訴え……英樹も正美もババツも倒れた。オタンコだけが食べずに助かり、残りは担任だけ。吐くことも下すこともなかった牡蠣毒は僕の体の中で十分に増え、次の日に学校で吐いて、下して、目の前が真っ暗になり、本当に倒れてしまった。

体が冷たくなり、保健室で寝ていると理子や美香……一組の女の子達が来てくれて、『寒い！』という担任の体を交代で温めてくれた。（いやあ、今だったら大事件）それでも牡蠣毒は僕の体を蝕み、僕は全く運動ができなくなってしまった。子ども達の内申書は何とか書いたものの、大好きなサッカーは一か月もできなかったのだから重症だった。今でも牡蠣だけは三億円積まれても食べられないのだから、その酷さが分かる。

最後の学活（1981年）

河合隆慶が僕らにメッセージを残したように、僕も卒業式の前夜、黒板に向かった。一組の子ども達への思いを書き綴った。そして、三年間持ち上がった子達ともさようならをする日が来た。体育祭でも合唱コンクールでも川島勝治の四組に負けた一組だったが、受験は賢一を除いて全員成功。二年間、本当に色々あった。子ども達の顔を思いうかべながら黒板に最後のメッセージを書いていった。

卒業式（1981年）

この卒業式から、僕は呼名簿を見ないで呼名するようになった。子ども達の顔から目を離したくなかったのだ。少しでも長く、子ども達の顔を見ていたい。子ども達の表情を心に刻み込みたい。そう思っていたから、練習の時から呼名簿を見ないようにしていたのだ。毎日一緒にいて、学級通信に名前を書きまくっていたから、楽勝だったけど……。

それほど、子ども達に気持ちが入っていたので卒業式には涙が出ると思ったのだが、全く泣けなくて驚いた。子ども達と一緒に神さんの指揮で歌を歌ってもずっと笑顔だったのだ。自分の心が分からなくなった。

クラスに戻って、一人一人に父さんの詩集「三本の矢に」を渡しながら通知表を渡した。そこでも全然泣けなかったのだが、「珠美」の名前を呼んだところで突然、「詩集の裏に書いた珠美」の字が読めなくなった。そう、涙で字が読めなくなったのだ。そこからはもうボロボロだった。最後の学活は三十分位に設定されていて、下級生たちが校舎の外で待ってくれていたのだが一組が出てこないので神さんが迎えに来た。そこで、「神さ～ん」とみんな泣いて、神さんも大泣きしちゃって、下級生たちにはもう帰ってもらって……そこから本格的な学活がはじまった。ギターで歌を歌って、語って、また歌って……話をして、また歌って……結局、最後の学活は二時間以上。歌って、語って、歌って泣きまくって終わったのだった。

一年二組（1981年）

そして、次に僕が担任をしたのが一年二組、五中の7期生だった。ここで僕はちょっと面白い作戦を考えた。二組の中で運動神経がいい女の子達に『テニスやらないか？』と声を掛けたのである。「男子テニス部」に女子のマネージャーを八人呼べば、チームが出来る。そう思ったのだ。まず、学年で一番足が速かった〝たー坊〟に『陸上じゃなくて、バスケでもなくて、お前はテニス部だ。』と誘い、ソフト部に入ってグローブまで買っていた〝康恵〟に『お前は背が高いから、いいプレーヤーになるぞ！』と引き抜いて、ブラスバンドで張り切る尊子に『尊子はスコートが似合いそうだ！』と誘って、バレー部に入っていた〝礼〟に『バレーもいいけど、テニスはもっと面白いぞ！』と将来の部長候補を半ば強引に引き抜き、直美、恵美子も「テニス部に入りたい」と言ってきて……他のクラスから有紀、貴子という二人が最初からマネージャーとしていたので、八人揃ってしまったのだ。（これで大会に出られる！）

この八人の女の子達は怖いもの知らずだった。池袋の立教中学に男子の応援に行くときも、西武線に平気で半袖・ブルマという格好で乗って行ったのだ。立教中でゲラゲラ笑われても、まったく気にもしない。彼女達は、その後の五中でファッションの最先端を行くことになるのだが……その時は、半袖・ブルマだったのだから、そんなことは誰にも想像できなかった。

蛙1匹10点！（1981年）

その一方で、「解剖で使う蛙を1匹捕まえて来たら10点」というシステムを作動させたこともある。子ども達は燃えた。武野神社に生息していたヒキガエル達は絶滅寸前までいったらしい。何しろ、5匹捕まえようならテストに50点プラスされ、テストで40点取れば評価は5になるのだ。そのお陰で多い日には1日に100匹近くの蛙が解剖されたので、蛙たちには申し訳なく思っている。それでも、大半の蛙たちは「無脳カエル」にされたあと、塩・胡椒を振られて、フライパンで焼かれ、僕や子ども達に食べられたのだから、許してくれるだろう。ちょっとエーテルの味がしたけれど、ヒキガエルは美味しかった!!トノサマガエルほどではなかったが…。蛙が美味しいと感じたのは、小さい頃、直ぐ上の兄貴と「ままごと」をして強制的にスパゲッティ（ミミズ）やマカロニ（毛虫）を食わされたからかも知れない。ミミズや毛虫に比べたら、カエルはご馳走だった。（笑）

礼（1981年）

一年二組の「礼」の本名は礼子。同じ二組に怜子がいたので、「礼」になった。礼は頭のいい子だった。一年生の時から、顧問の僕を実によく観察していた。その礼が体育祭前に足を捻挫した。走ればその後のテニスに影響が出ることは分かっていた。それでも礼は「どうしてもリレーで走りたい。二組の為に走りたい！　後悔はしない。」泣いてそう言って、担任（顧問）を説得し、そして走った。

二組のリレーは優勝した。しかし、その代償は大きかった。それから、僕はほぼ毎日、礼の足にテーピングをすることになる。彼女が高校生になっても……。

礼は勿論、キャプテンになった。顧問の僕がいなくても、完璧に練習を組める。そんなキャプテンになって、関東・全国で活躍したのである。もし、怪我をしていなかったら……凄い選手になったと思う。テーピングをしても、一〇〇％の力では走れるようにはならなかったから……。

桜田倶楽部（1981年）

その年の秋、初めて桜田倶楽部にお邪魔した。あろうことか、彼女達はそこにも半袖・ブルマで行った。当時の桜田倶楽部には丸山薫、岡田岳二、松岡修造といったジュニアのトップ選手がいた。そして、桜田倶楽部には〝飯田藍〟がいた。藍先生は僕のテニスの師匠だ。十七歳の時に出た「グリーン・オープン・ジュニア」という大会でベスト4に入った僕は、「君はネットプレーが上手だね」と藍先生に褒められた。テニスで褒められたのは中学校の時以来。僕は藍先生の言葉を信じて、ネットプレーヤーになることを決めた。その藍先生がいる桜田倶楽部に連絡をすると、「いらっしゃい！」と言ってくれて……子ども達を連れて行ったのである。

勿論、ラケットを持ったばかりの子がクラブの練習に参加できる訳がない。でも、藍先生は子ども達を練習の前のウォームアップに入れてくれたのだ。それは「手つなぎ鬼」だった。子ども達は大喜びで走り回った。日本のトップジュニアだった松岡修造達と一緒に鬼ごっこをしたのだから、興奮するなと言う方が無理だ。

そして、彼らの練習を見て、顧問の僕は練習方法を記憶し、子ども達は日本一のジュニアのテニスに憧れたのである。後は学校に戻って、日本一の練習の真似をするだけでよかった。子ども達はメキメキと上達していった。

織田パン（1981年）

一年二組は本当にいいクラスだった。「あゆみ」という子がクラスにいたのだが、入学式から一度も登校することがなかった。四月のある日、クラスの後ろに張り出された名簿を見ながら、「織田パン」というあだ名の男の子がポツリとこう言った。「たかやん、あゆみが来なきゃ、本当の二組じゃないよ。」僕は織田パンの言葉にショックを受けた。小学校からずっと不登校で、学年も一年遅れてしまっていた「あゆみ」のことを担任の僕が諦めていたからだ。それから、「あゆみ」をクラスに来させる作戦がはじまった。怜子、昌美という二人の女の子が中心となって、僕が書いた「一生懸命」という学級通信をあゆみの家に毎日届けるという作戦がはじまったのである。最初のうちは何の反応も示さなかった「あゆみ」だが、やがて怜子と話すようになり、昌美とも会えるようになって、遂に担任の僕とも話ができるところまできた。当時の五中には「陸上競技大会」「縄跳び大会」「水泳大会」「体育祭」「文化祭」「合唱コンクール」と多くの行事があったのだが、二組は「あゆみの為に頑張る！」「あゆみの為に優勝する！」と全てのことを「あゆみ」に結び付けて、団結し、練習を積んでいった。そして、大会で6連勝して……最後の合唱コンクールで7連勝！　そんな二組の熱に押されてか、あゆみは遂に五中の門をくぐったのである。
その時の様子がＮＨＫの「おはよう広場」で全国に放映されて、一年二組は更に燃えた。ＮＨＫは所沢の我が家にも来て、紀、賢一、ババツ、昭宏、オタンコ達も出演した。面白かったのは、その日にもう一人石神井中の国語の先生も紹介されていて、（面白い先生がいるなあ）と思って見ていたのだが、それがあの「尾木ママ」だった。ＮＨＫの放送の後、全国から「講演依頼」が来たが全て断った。目の前の子ども達のことで毎日が充実していたのである。

「あゆみは夢だった看護師になりました。結婚してお母さんになりました！」という連絡があゆみのお母さんから来たのは卒業してから数年後だった。

暴力教師（1981年）

僕が暴力教師だった証拠がここにある。それがこれ。

『一生懸命』幻の学級通信第１００弾　新座市立第五中学校　一年二組　１９８１年11月21日（土）

夜の教室

外はもう真っ暗だった　教室の灯りが　窓ガラスに反射して　俺たちを映し出す

そこには15人の子ども達と　片手に竹刀を持った　俺がいた

〝パシーン！〟最初に叩かれたのは　哲だった　目に涙を浮かべていた

子ども達は　次々と　叩かれた　〝パシーン！〟〝パシーン！〟

竹刀の音が　物音一つしない教室に　響き渡る

こんな酷い授業は　俺だって　初めてだ

まず説明する「わかった」と言って　間違えれば　容赦なく　竹刀が飛ぶのだ

それでも　お前たちは　喰いついてきた　欲求不満を解消するかのように　質問をしてきた

「ちょっと待って　どうして　そこマイナスになるの?」「ハーイ！　この場合のマイナスも注意信号ですか?」

一つのことに　いくつもの　質問が飛んだ　その時の　お前たちの目　キラキラしてた
15人全員が　光って見えたんだ　（ああ、本当はこんなにも勉強したいんだ）（ああ、こんなにわかりたいんだ）
お前たちは　一生懸命だった　必死に何かを掴もうとしていた
「あーそっかあ」「わかったぞ！」「なーるほど……」　お前たちが　歓声を　あげるたびに　俺の気持ちは弾んだ
・・・・・・
そして　教室は　いつの間にか　笑いに包まれていたんだ　外はもう　真っ暗だった
でも　俺の心の中は　やけに明るかった　　　　　　　（　ともや　）

最高に嬉しい一言

１００弾に寄せて、沢山の人が一言書いてくれました。子ども達、父ちゃん、母ちゃん、そして先生達。みんな嬉しいものばかりでした。あゆみにも一言頼みました。俺が何も言わずにポストに入れた『一生懸命』ですが、必ず読んでくれていると思ったからです。そして、そして、あゆみは一番素敵な一言を俺にくれたのです。今日、この100弾！を発行するこの日に、あゆみは一年二組に帰ってきてくれたのです。『おかえり、あゆみ。』『もう、どこにも行くんじゃないぞ!!』（ともや）

市邨高蔵（1982、83年）

四月に八人の女の子達が初めてラケットを握ってから一年四か月後。彼女達は全国中学生大会に出場していた。半袖・ブルマで笑われた子達が県大会、関東大会を勝ち抜いて、全国大会に出場したのだ。その年、全国中学生大会の団体戦で優勝したのは市邨学園高蔵中学校。大会の役員をやっていた僕は、その中学校が気になった。日本一の中学校は、きっと日本一の練習をしているに違いない。そう思ったのである。

そして、無謀にも高蔵中に『練習試合をしてください！』とお願いしたのだ。顧問の酒井先生は二つ返事で「いいですよ！」と言ってくれた。それが実現したのは翌年の二月、丁度学年末テストの前だった。僕は九人乗りのワゴンに二年生七人と一年生の女の子を一人乗せ、真夜中に名古屋に向かった。

そして、練習試合がはじまった。ボロ負けだったが、その後の練習が五中のテニス部を変えてくれた。五中のテニス部は日本一のテニスクラブと日本一の中学校の練習を身に付けたのである。

練習試合が終わり、名古屋から戻ってきたのは次の日の朝だった。その日は学年末テスト。試験前に練習試合……本当に迷惑な顧問である。でも、子ども達の親はみんな応援してくれたのだ。それにしても、行きも帰りも徹夜で運転したのだから、若かったというか、バカだったというか……。そんな馬鹿に付き合ってくれた子ども達と親たちには感謝しかない。

ファッション（1983年）

半袖・ブルマ軍団は東京や名古屋に遠征し、全国のテニス部の子達と戦ううちに、ファッションのセンスを身に付けていった。特に東京の学校には聖心、学習院といったお嬢さん学校が多く、トップジュニアの中には世界を知っている子もいたので、埼玉のど田舎から来た子達はその子達のファッションにどんどんハマっていった。彼女達は色とりどりの短パンに、派手なTシャツを来て練習をするようになった。ラケットは勿論、テニスシューズも靴下も当時の最先端をいっていた。当然、五中の生徒指導担当（体育科）からは多少のクレームは来たが……体育科のトップは嵒。嵒はそんなテニス部を応援してくれたので、彼女達はその格好で練習できたのである。五中の通学靴を自由にしたのは、彼女達の影響が大きかった。

家庭訪問（1983年）

　ブルマー軍団が三年生になった時の家庭訪問が忘れられない。「最後にしてください。」と隆のお母さんからリクエストが来たので、一番最後にしたのだが…。「いらっしゃい！」『あ、はい。』「さ、お風呂に入って！」『え？』「いいから、お風呂に入って！」『いやいや、いくら何でも…』「いいから、入りなさい!!」と無理やりお風呂に入れられた。お風呂から出ると、「はい、ご飯食べて！」『はい。頂きます！』そして、食べ終わると…「はい、あっちに行って、みんな待ってるわよ。」『え？』襖を開けると、笑顔のおじさんが三人、炬燵を囲んで座っていた。隆のお父さんと、隆が入っていた〝たけしのキッカーズ〟のコーチ達だった。「待ってたよ！　先生！」「先生、麻雀強いんだってね。」「さ、はじめるよ…」

　そのまま、徹夜で麻雀をしたのは言うまでもない。家庭訪問でお風呂に入ったのは後にも先にも隆の家だけ。当たり前か…（笑）

悪戯（1983年）

　五中時代、僕らはよく先輩に悪戯をした。僕には憧れる先輩が四人いた。甲神嵒、川島勝治、木下保則の三人は埼玉大学出身で僕の九つ上。三人とも授業が上手で子ども達から信頼されていた大先輩。そして、彼らは同期の僕らにも愛されていた。土曜日になると、その先輩達の弁当を黙って半分食べる……という同期の悪戯が流行って、それに僕も参加したのだ。邑も勝治も保則も、「またやられた！」「しょうがねえなあ。」「今度は誰だ……」と笑ってたっけ……。本当に男前の先輩達だった。

僕は夜の暗い渡り廊下で『わっ！』と邑を驚かして、あの邑が腰を抜かすくらい驚いて、大笑いして……。色々やったのだが……。五中での一番の悪戯は何といっても鈴木松江への悪戯。松江は僕の高校の五年先輩。綺麗で授業が上手で子ども達から大人気の先輩だった。

ある日、職員室の松江の机の上に、そっと蛇を置いて、黙って職員室を後にした。紙袋の中の本物の生きた蛇を見て、松江は「ギャーッ！」と叫んだらしい。そんな悪戯をするのは僕しかいないので、直ぐにバレて、僕は松江に滅茶苦茶怒られた。大好きな先輩に本気で怒られたので、『そんなに怒らないで！　お願い三つ聞くから、許して！』と謝って、何とか許してもらったのだった。その光景は好きな女の子にちょっかいを出して怒られてる小学生みたいだった。

西村博文（１９８４年）

僕を関東ジュニア委員に推薦したのが立教中の西村博文。西村先生は東京教育大庭球部出身。僕の石神井時代の恩師、古川溥の後輩だった。「古川先生の教え子なら間違いないだろう」と推薦してくれた。そして、古川溥本人も「たかむらなら大丈夫。」そう言ってくれたらしい。実は高校時代、僕は古川先生にはかなり逆らった生徒だった。一年生の夏、先生と試合をして7－5で勝ったのに、「松田はこの時期には6－2で勝ってたな。」糞っと思って、次に6－2で倒すと、「松田はこの時期はもう6－0だった」と常に一年先輩の松田さんと比較してきたのだ。東京チャンピオンでインターハイベスト16の先輩と比べられてばかりいて、僕はかなり気分を害していた。おまけに同学年で勉強でトップの方にいた公平に「野崎！　数学100点だったぞ！」とテニスコートで褒める先生。（なんだよ。どうせ俺は30点だよ。悪かったな！　公平にキャプテンもやらせればいいだろ！）と、いじけた。『公平が気に入られているんだから、お前がキャプテンやれよな！』「えぇっ!!」こうして野崎公平が僕らの代のキャプテンになったのだ。

石神井での最後の授業は二時間続きの数学。古川先生の数学だったのだが、僕は男子クラスの仲間たちに声を掛けて、『校庭が空いてるから、ソフトやるぞ！　皆勤の奴以外、校庭に行くぞ！』と、先生の授業をボイコットして、遊んだのだ。そんな僕を古川溥は「たかむらなら大丈夫だ。」とテニス界の先輩達に言ってくれたのだから、先生には頭が上がらなくなってしまった。テニス界で古川溥は多くの方達から尊敬を集めていたから、その一言には重みがあったのだ。僕は西村博文と一緒に関東中学、全国中学の大会運営をしていくことになるのだが、常に古川溥を意識することになる。

実はブルマ軍団が中三になったとき、僕は高校の教師になろうとして試験を受けた。子ども達と一緒に地元の公立高校に行ってインターハイに連れて行きたい。そんな夢を見たのだ。それを西村博文に伝えたところ、「ふざけるな！」と一喝された。「中学校のテニスはどうするんだ。」「中学テニスにはお前が必要なんだ！」「高校になんか行ったら駄目だ！」と言われて、僕は高校へ行くことを諦めた。そして、その面接で僕はこう言ったのだ。「なぜ、高校で教えたいと思ったんですか？」という面接官に『ああ、別に……』「え？」『別に高校に行きたい理由が無いって言ってるんです。』「はあ？」『じゃ、失礼します！』と出てきてしまった。結果は勿論、不合格。そこで本気を出していたら……その後、五中でテニスをする子も六中でテニスをする子もいなかったことになる。西村博文の一言が、僕と子ども達の人生を変えたのである。

安孝、英二、友春、エイト（1984年）

ブルマ軍団が卒業した春休み。五中4期生の美幸の弟の安孝、7期生の康昭の弟の英二、7期生のたー坊の弟の友春がテニス部の練習に参加した。五中のテニスコートで小学生が初めてラケットを握った瞬間だった。三人とも素質のある子ども達だったが、笑ったのは栗原小からの申し送り事項。「この三人はかなりのワルなので、クラス編成の時は必ず離すよう」に……そう書いてあったのだ。一年一組の担任は勿論、それを無視。三人とも一組に入れ、野寺小で大きな×を付けられた秀行も一組で引き取ることにした。秀行は「エイトマン」というあだ名を付けられていた。足の回転が速く、見えない……だから、エイトマン。長いあだ名だったので、みんなそれを短くして「エイト」と呼ぶようになった。

この四人は一年後、テニスの全国大会で大活躍。団体戦で準優勝する。栗原小の×も野寺小の×も西戸山小の×に比べたら、なんてことはなかったのである。

安孝（1979年）

話は五年前に戻る。五中の屋上で天体観測をした。『弟や妹を連れてきてもいいよ〜！』と一年生の子達に言ったのだが、僕のクラス、一年三組の美幸も小さな子を連れて来た。その夜は望遠鏡で木星を見たり、その衛星を見ていたのだが……その子は背が小さ過ぎて、望遠鏡の接眼レンズに届かなかった。『おいで！　見せてあげる。』と僕はその子を抱きかかえて、望遠鏡を覗かせた。その子は本当に嬉しそうな顔をして、望遠鏡を覗いていた。それが小学校一年生の安孝だった。その小さな男の子と中学校三年間で１６５試合もすることになるのだから人生は面白い。因みに、その勝負は僕の１５０勝15敗だった。

安孝2（1985年）

一学期の終わり頃だった。一組の女の子達の様子がおかしいことに気がついた。男子もニヤニヤしていて、ちょっとおかしい。気がつかないふりをして、パッと振り返ると……あろうことか、安孝が隣の女の子のオッパイを触っていた。『てめえ、俺の授業で担任の俺の許可なく、女の子のオッパイに触るとは何事だ！　前に出てこい！』『机を片付けろ！』『許さねえぞ！』一組にできた特設リンクで安孝は担任にぶっ飛ばされて……片手で吊るされて……泣いた。
「あれは失敗だった……」と後の安孝。『しっぱい、オッパイだったねえ……』「そう、しっぱい、オッパイ!」それから、〝失敗オッパイ!〟が僕と安孝の中で暫く流行語になった。

やすし(1984年)

一年一組には面白いメンバーがいた。卓球部に入った弘樹もその一人。保谷から転入してきた子だったのだが、顔がお笑いの横山やすしに似ているという理由で『お前は〝やすし〟な!』と担任は弘樹に「やすし」というあだ名をつけた。しかし、そのあだ名は広がらず、鮫島の島を省略して、彼はみんなから「鮫」「鮫ちゃん」と呼ばれるようになった。「やすし」は勉強ができた。特に理科には才能があった。一年一組で出会った担任の影響をモロに受け、「北大に行って、中学校の理科の教師になる」のが彼の夢になった。そして、彼はその夢を実現する。北大水産学部に行き、僕と同じ船に乗り、僕がいた六中に教育実習に来て、臨採で同じ学年を担当し、翌年所沢で本採用されたのだ。

そして、現在は新座市内の中学校で校長をやっているのだから笑える。あの笑顔を毎日見られる子ども達と先生達は幸せである。

ジャンコ（1984年）

一年一組には純という男の子と純子という女の子と順子という女の子がいた。『純は純だよなあ。問題は純子と順子をどうするか……う～む。じゃんけんで負けた方がジャンコでいこう……』滅茶苦茶な担任だった。順子はその日から、ジャンコと呼ばれるようになる。「やすし」は一瞬で消えていったが、ジャンコは何十年も生き続ける。それだけ「ジャンコ」はみんなから愛されたのだ。そして、僕は数十年後、ジャンコの力を借りることになる。一年一組で出会っただけなのに……「やすし」といい「ジャンコ」といい本当に不思議な出会いがあったクラスだった。

満寿子（1984年）

一年一組には満寿子という女の子もいた。この子がテニス部のキャプテンになって、関東・全国で大活躍する。そして、未来の我が家と深く関わりを持つのだから人生は面白い。満寿子が同級生の努と結婚し、我が家と満寿子家で一緒に旅行をするようになるのだ。一年一組には未来の自分に深く関わっていく子ども達が沢山いたことになる。三年前の一年二組には及ばなかったが、このクラスもほとんどの大会で優勝する。毎日、笑顔が溢れるクラスだった。毎日が楽しくて、楽しくて……一年三組、一年二組の時と同じように『クラス持ち上がろうぜ！』と言ったのだが、あっと言う間に却下されたのだった。

準優勝（1986年）

クラス替えになり、安孝もやすしもエイトも違う担任に取られてしまった。やすしは心配いらなかったが、安孝やエイトはちょっと心配だった。安孝はテニスがどんどん強くなっていった。僕が中学時代にどんどんテニスが強くなっていったように……上の学年の子達にも勝つようになっていった。そして、全国大会。安孝、友春、エイト、英二の二年生が大活躍して、決勝で負けるまで勝ち続けたのだ。安孝は調子に乗った。調子に乗って、テニスの練習は休まなくても夜、家に帰らない生活が続いた。「実は昨夜も家に帰って来なくて……」と、相談に来たお母さんとお姉ちゃん。そこにノコノコ朝練に登場した安孝を僕はお母さんの目の前でぶっ飛ばした。お母さんはそれを見て泣いた。『ふざけるな！』『お母さんを泣かしてるんじゃねえ!!』安孝はそれから、少し真面目になった。

純ぴ（1984年）

女子は満寿子が強くなる。そう思っていたのだが、何度やっても満寿子は最後には「純ぴ」に負ける。純ぴは走ると遅いし、トレーニングも苦手。力が無いのでフォアハンドもバックハンドも両手でラケットを振る子だった。そして、顧問は気がついたのだ。純ぴの「集中力」と「テニスのセンス」に。僕はそれまで、誰にも自分のラケットをあげたことがなかったが、純ぴには自分が使っていたラケットをあげることにした。純ぴも安孝を追いかけるように、どんどん強くなっていった。

骨折（1986年）

二年生で全国準優勝したのだから、三年生では間違いなく優勝できる。みんなそう思っていた。子ども達は「日本一」になることを夢見てきつい練習に耐え抜いた。関東も全国も圧倒的な優勝候補だった。しかし、全国の前の関東大会で優勝を逃してしまった。それは立教中との決勝戦、5－2でリードしていた友春と貴光のダブルスが負けたことが大きかった。キャプテン安孝は全国大会の前の週、気合を入れ過ぎて熱を出して、練習を休んだ。そして、全国大会前日のキャプテン会議。「練習がしたい」という安孝をコートに残して、僕は副部長だったエイトを連れて、読売ランドに向かう。その時に事件が起きた。ミーティングで「気合入れて全国は勝つぞ！」と言った安孝に、友春が「負けるときは負けるんだよ。」と言ったのだ。怒った安孝が友春を殴ったのだが……友春の石頭が安孝の拳より硬くて……安孝は右手を骨折してしまったのだ。肝心なところで骨折……誰かの人生に似ている。

それでも団体戦はベスト8まで残った。安孝抜きで戦っても、勝ちあがるまで力を付けていたのだ。しかし、準々決勝の相手は強かった。安孝は「試合に出してください。」と言った。折れた右手に傷み止めを打って、安孝は団体戦のシングルスに出場した。余りの痛さに顔を歪めながら、安孝は戦った。普通の状態であれば、楽に勝てただろうが、骨折した右手では流石に勝てなかった。安孝は泣いたが、僕は涙を堪えた。安孝との練習を思い出すと悔しくて泣けなかったのだ。このまま終わらせたりしない。怪我を治して、出直しだ!! そんな気持ちで泣く安孝を抱きしめたのだった。

安孝はシードがついていた個人戦は単複ともに棄権したが、高校一年生の時に県のチャンピオンになり、高校二年生の時には高校の大会でも一般の大会でも単複で優勝し、インターハイ、国体で活躍し、ジュニアの世界大会で、日本人で唯一人ベスト8に残り、あのピート・サンプラスと戦うところまで強くなるのだった。

体育祭（1986年）

五中名物体育祭も最高潮の十年目。赤団の団長には一組の貴光、白団には安孝が入って、壮絶な棒倒しになった。中学生がこんなにガチになって、ぶつかっていいのかというくらいの熱い戦いに誰もが感動した。応援合戦も白団は日体大の「エッサッサ」、赤団の男子は「赤褌」でそれに対抗し、涙と笑いを獲得した。この時の「校歌」は本当に校庭が揺れるかと思うくらいの「校歌」だった。応援団につられて、全校生徒と全教職員が神宮司久子の指揮で大声で力の限り歌ったのだ。「五中の校歌は日本一だ！」誰もがそう思った。

受験（1987年）

一組の受験は勿論、完勝だった。全員が志望校に合格したのだ。テニス部の子達も全員志望校に進学が決まった。やすしも石神井と校風が似た県立所沢高校に進学が決まった。それは五中全体の学力が県の平均を大きく上回った結果でもあった。二学期の学年集会で甲神邑は「君たちは安心して勉強してください。君たちには僕達、最強の先生達がついていますから……絶対に大丈夫です。」そう言った。凄いのは子ども達がその言葉を信じたこと。その言葉で子ども達は安心して、集中して勉強したのだ。教師が生徒を信じ、生徒が教師を信じる。そんな空気が一気に学校に広がっていった瞬間だった。

答辞（1987年）

卒業式の数週間前、我が家には生徒会長になった「やすし」がいた。「今までにない答辞にしたいですねえ。」『そうだな。今までのは固すぎるから、笑いと涙がでるのにしよう。』「いいですね。」『基本はお前が考えるんだぞ。』「はい」その時、二人で考えた答辞がこれだ。

答辞

昭和五十九年四月九日、僕達はこの五中に入学しました。この体育館でダブダブの制服を着た僕達は、初めて先生方と握手をしたのです。

先生方は僕たちの手をギュッと握りしめ、「よろしくね」と、にっこり笑ってくださいました。期待と不安でいっぱい、いっぱいだった僕達は、先生方の一言でだいぶ落ち着いたのでした。

一年生の頃の僕達は、クラスで燃えました。一年一組、理科の時間、炭酸水素ナトリウムの熱分解のところで、カルメ焼きをやり、ついでにお好み焼きをやってしまったことが忘れられません。言わずと知れた、高邑先生でした。三組、宮本先生。小さい体で僕達と一緒によく朝練をやりました。一組と張り合い、球技大会のサッカーで優勝したことがいちばんの想い出です。五組、飯野先生。はじめて会ったとき、余りの大きさに腰を抜かしそうになりました。本当にまとまったいいクラスでした。七組、内山先生。縄跳び大会では、全員で朝練をやり、チームワークで見事優勝しました。八組、影山先生。元気だけはありました。賞状は一枚もなかったけれど、とても明るいクラスでした。十組、甲神先生。マナーにはとても厳しく、食事の時に、肘をついてはいけない。話をしてはいけないということで、物音ひとつない、静かな、静かな給食でした。でも、男女の仲はとてもよかったのです。

二年生になり、僕達は部活動でも活躍するようになりました。朝は五時半に起き、まだ暗い道を歩き、猛練習に耐え、帰り道はまた、暗くなった道を歩いて帰った僕達でした。土曜日、日曜日になると、お母さんにお弁当を作ってもらい、よく練習試合にも行きました。練習はきつくて、何度もやめようと思ったけれど、耐えて、耐えて、勝つ喜びを知った僕達でした。

三年生になると僕達は勉強でも頑張りはじめました。部活動で養った精神力にものをいわせ、次第に成績を上げていき、二学期には県の平均を大きく上回るようになりました。受験勉強を苦しく、焦りや不安が常につきまとい、投げ出したい気持ちになったこともありました。そんな時に、励ましてくれたのは担任の先生をはじめ、三年生の先生方やたくさんの友人達でした。

学校行事も頑張りました。陸上競技大会、体育祭、文化祭、クラス全員の団結の力を知りました。部活動も勿論、頑張りました。剣道部全国3位をはじめとし、どの部活動も素晴らしい成績を残しました。

この三年間で僕達は大きく成長しました。考え方も小学校の頃とは随分変わりました。大人の言うことは絶対に正しいのかと疑問を抱き、時には反抗的になったりもしました。あるいは四一三人の同級生、一二〇〇人の全校生徒の中に、早く溶け込んでしまいたいという考えと、みんなと一緒に流されてしまってはいけないという二つの考えが入り混じって、とても複雑な思いをしたこともありました。こんなことも、今ではみんな、懐かしい想い出となっています。

僕達が三年間学んだ五中とは、こんな学校でした。まず、個性的な先生が多い、とても楽しい学校でした。そして、割と自由にのびのびしていたと思います。

その反面、生徒が少しだらけていた部分もありました。五中として誇れるものは数多くありますが、中でも一番自慢出来るのは校歌の歌声ではないでしょうか。体育館いっぱいに響き渡る校歌の歌声は、どこの学校にも負けないと思います。

こういう五中で三年間学べたことを僕たちは誇りに思っています。

在校生のみなさん。五中には素晴らしい伝統がたくさんあります。どうか、その伝統をしっかり受け継いで、さらに高めて、もっともっと素晴らしいものに作り上げていってください。

五中の創立以来、ずっといらっしゃる先生が10年間温めてきた、日本一の校歌の歌声だけは、絶対に受け継いでください。

これから、いよいよ僕達の新しい旅立ちがはじまります。仲のよかった友達、クラスの仲間、四一三人の中間がみんなバラバラになってしまいます。でも、この三年間に悔いはありません。何故なら、どんなに困った時でも、後で考えると、あれは失敗だったという時でも、その時自分が出来ることを精一杯やってきたからです。

これからも、たくさん悩むことがあると思います。どんな時でも自分の夢は絶対に捨てないで努力していきます。

最後になりましたが、手のかかる僕達を常に愛情をもってご指導してくださった先生方、三年間どうもありがとうございました。また、僕達の成長を時にはハラハラしながらも見守っていてくれた、お父さん、お母さん、本当にありがとうございました。僕達は今、大きな夢に向かって旅立っていきます。

さよなら　五中　好きです　五中

昭和62年3月14日　第10回卒業生代表　鮫島　弘樹

卒業式の練習（1987年）

五中最後の卒業式の練習。五中10期生が一年生の時から、僕がずっと一組の担任で、学年主任が甲神品。そんな環境で副主任だった僕は、どうしたら子ども達が泣けるか……先生達も泣けるか……いい卒業式になるか、それだけを考えて、学年主任の品と作戦を練っていた。二人が確認したことは〝練習では絶対に怒らない〟ということだった。その通りに練習は笑顔で進んだ。そして、練習の最終日、僕は突然マイクでこう呼びかけた。『じゃあ、先生方から一言お願いします！』「え？　聞いてないよ。」『言ってないもん。』「もう……」僕の指示でマイクを持った学年の仲間達が舞台の上から子ども達に語りはじめる。それを聞いて、泣き出す子ども達。その子ども達を見て、泣き出す仲間達。（ふっふっふっ……狙い通りだぜ……）最後に、僕と品が子ども達に語り掛けて……練習は終わった。

涙、涙の練習が終わった後、体育館の階段で蹲っていたのが神宮司久子。『神さん！どうしたの？　どこか痛いの？』「みんな居なくなっちゃう。甲神さんも、あんたも居なくなったら、あたしゃどうやって生きていけばいいんだい。」『母さん、大丈夫だよ。次郎たちに言っておいたから。〝神さんを守れ〟って……』「……」『大丈夫だからね。』「うん。」僕は神さんの大きな体を思いきり抱き締めたのだった。

卒業式は勿論、卒業式の練習でも「絶対に怒らない」、それが僕と喦が共通して意識していたことだった。他学年の練習で怒る先生達を見て、これはいけない……そう思っていたからだ。お辞儀は何秒とか、角度は何度だとか……意味が分からない。練習しなきゃならないのは先生達の方。呼名簿を見ながら、呼名することほど格好悪いことはないからだ。自分が少なくとも一年間、見てきた子達の顔と名前が一致しないなんてことは絶対にないことだから……。来賓への挨拶なんか、どうでもよろしい。卒業式はみんなで泣いてなんぼだ。

卒業式（１９８７年）

五中最後の卒業式も、勿論、呼名簿を一切見ない卒業証書授与式になった。『三年一組、赤沢文彦！』「はい！」子ども達の顔を見られる最後の一日になるかも知れないのだ。呼名簿などを見ている時間が勿体ない……。毎日、毎日、名前を呼んできたのだ。内申書だって何枚も書いたのだ。学級通信を何百枚も書いたのだ。担任は絶対に子ども達の名前を間違えることはない。だから、呼名簿は見ない。それが僕のやり方だったことは前にも書いた通り。そして、そのやり方は僕の教え子達に受け継がれていく。僕が名前を呼んで、子ども達がそれに大きな声で応える。『渡辺恵理子！』「はい！」『以上四二名！』その時の子ども達の表情を胸に刻んで、僕の五中での最後の呼名が終わった。

その後は神さんの指揮で「ハレルヤ」を歌い、「やすし」が答辞で体育館を笑わせて、泣かせて……体育館が揺れる程の「校歌」を歌って、僕の五中最後の卒業式は終わったのだった。

『一生懸命』幻の学級通信　第150弾！　1987年　2月19日　3年1組　ともや

入試・発表（1987年）

昨日の十八日には一組からは七人が試験を受けた。淳子、昌美、恵、一憲、フー、聡、そしてゆみこの七人だ。十七日の夜、全員に電話したけど、大丈夫だったか心配だ。昌美のように、上履きを忘れるやつもいるし、心配でしょうがない。アッツンポは、十八日のうちに発表があり、俺が印刷室でプリントを刷っていると、赤いホッペを本当に真っ赤にして「先生、タカヤン！　合格したよ！」と言って、飛びついてきた。聡は「ダメだった。全然できなかった。面接はバッチリだけど。」って言ってたなあ。

最近、やけに自分が充実している。頭の中はもう、何が何だかわからないくらいゴチャゴチャしていて、やらなきゃいけないことが山ほどあって、それが全然減っていない割には、気分が良いのはどうしてだろう……。

それとも学級通信や部通信を毎日のように書いているからか……。三キロのランニングも、もう五十日間、連続で走っているからか……。よくは分からないけど、兎に角、毎日が充実しているのは確かだ。

職員室の電話が鳴る。（お！　昌美かな、恵かな。）胃がチョッピリ痛くなる。受験というのは親も本人も大変だが、担任というやつも結構苦しい。可愛くなきゃ、苦しむ必要もないのだが、何故か一年一緒にいるうちに可愛くなってしまうのだ。親はいい。自分の子がうかりゃあいいんだもの。担任はその42倍、苦しむことになる。でも、喜びも42倍ってことなのかもね。

ヨダレと恵から「先生！　うかったよ！」と電話があり、思わず顔がほころんでしまう。

三月六日もこんな日ならいいなあ……。

いじめられっ子よ（１９８７年）

一昨日くらいの新聞に、〝今の公立中学校は、規則の塊である。自由になるのはパンツくらいだ。〟という笑えぬ話が載っていたが、同感だね。人間を着ているもので判断するなんて、最低のことなのに、学校が平気でそれをやっている。みんな同じカッコしてりゃあ、違うカッコの奴がはみ出すなんて当たり前の話だから……。

ちょっと他人とどこか違うやつが虐められたり、どこかに障がいのある人が虐められたりするのも、かなりの確率で学校に責任があると思う。「ルールを守らせることは大切です。」と声を大にしていう人がいるが、いい加減なルールを学校が勝手に作って、守れ！　守れ！　と叫んでいるような気がする。着ているもので人を見るようなセコい教育はやめた方がいいと俺が言えば、やっぱり俺も虐められる。虐めるのはただの先生だ。虐められる子の気持ちがよく分かる。いじめられっ子よ、強く生きよう。これから先、どんなに虐められても、虐める側になるのだけはやめよう！　格好よりも心を大切にしよう。どんなに太いズボンを履いたって、どんなに長いスカートを履いたって、どんなに髪の毛が長くたって、ちゃんと心はあるのだ。

いくらネクタイをしたって、いくらルールを守っていたって……虐める暗い心があれば、幸せにはなれない。

動物には勿論、植物にだって、もしかしたら、いつも使っている消しゴムにだって心はあるのかも知れない。いじめられっ子よ。心が見える大人になろう。少なくとも子ども達の心を見ようとする大人になろう。

十年（１９８７年）

俺が五中に来て、もう直ぐ十年経つ。初めて五中に来たとき、まだ工事をしていて……そこに居たおじさんに「ぼくもこの学校にくるのか」と中学生に間違われたことを思い出す。はじめの年、俺はジーパンに自転車で登校した。担任は三年四組。大学を出て、いきなり三年の担任。埼玉県の高校は浦和高校しか知らない俺が、進路指導をした。知らないと言うことは怖いことで、偏差値の5や10の違いはものともせず、子ども達は高校に合格していった。失敗も随分やった。修学旅行の列車に乗り遅れたり、生徒と一緒に警察に捕まったり……（笑）

二年目から「一生懸命」という学級通信を書き始めた。自分もクラスの男の子も全員一緒に坊主にしたり、この頃から他のクラスとは違うことをやり始める。

二年一組から三年一組に持ち上がったクラスで青春を感じた。毎朝、一緒に勉強し、放課後は毎日のようにサッカーをやり、夜にまた勉強をして、語り、千春の歌を歌い、泣いて、笑って……このクラスからは東大生、京大生、鹿児島大生、外語大生をはじめ、大学生が沢山でた。塾に行ってるやつは少なかった……。

五年目から硬式テニスをはじめた。軟式でも県大会には毎年行っていたが、練習はほとんどせず、クラスの子達とばかり遊んでいた俺が、この年を境に部活にも傾いていく。朝の四時から練習をして、近所の人から怒られたこともあった。年中無休でバカみたいに練習した。次の年、全国大会に出場。夢のようだった。色んなところへ行った。子ども達を車に乗せては試合に行ったり、合宿に行ったり……名古屋にも遠征した。

一年二組では、赤いハチマキを締めて、年間行事すべて優勝という凄いことをやった。このクラスはＮＨＫに取材され、ブラウン管に登場した。初めて不登校の子を担任し、泣いたり、笑ったりした。その子は中一になって、四年半ぶりに学校に来たのだった。

八年目お前たちが入学してきた。あの日のお前たちの目の輝きを、俺は忘れられない。

一年一組の子達、二組の子達、三組の子達。みんな可愛かった。

九年目。全国大会で準優勝。『目標は日本一だ！』なんて言ったたって、自分だって信じられなかった。やればできる！　いや、できそうだってことを子ども達に教わった。クラスにも恵まれた。貴光、貴博のゴールデン貴・貴コンビに、花、千鶴、大町、和子と、すっげえ美人たちに囲まれて、俺は幸せだった。

十年目。三年一組。そう、お前たち。どんなクラスになるのか心配だったが、こんなクラスになってしまった。あと、もう一年あったらなあと思う。（朋子の「冗談じゃないわよ」という声が聞こえてくる。）あと、もう一年あったら、あのおとなしい久子やあずさを、ギャハハハ笑わせる自信はあるし、夜遊びが得意な由希美やかおりや花とディスコに行けたかも知れないし、朋子や今日子やゆみことは、文学を語れたかも知れないし、純ピと京子とはもっとテニスができるし、志穂や直子とはバドミントンをやれただろうし、かとちや恵美子とはバレーボールで青春やれたかも知れないし、恵やよだれと語るのも楽しいだろうし、佳世とは睨めっこをして楽しみ、あっつんぽの赤いホッペを見ているだけで楽しくなり、美寧子や恵理子とは学問について語り、一人残ったのは貴美加ときたか……。

あと一年あったら、男の子達とは語りたいねえ。人生とか、学問とか……結局、行きつくところはアノ話になると思うけど。みんな好きだからなあ。経験者もいるらしいし、ねえ、色々教えてください！　男子全員で温泉なんか行っちゃったりしてさぁ、ねえ弘道、お前に任せるからさぁ、いい所探してよ。

職員室の電話が鳴る。（ゆみこからかなぁ……）他のクラスの子が、落ちて泣いているのが見える。心配になってくる。

今、職員室ではヨダレ、恵、京子、直子の四人がカーテンを直してくれている。純ぴは俺の肩もみをしている。平和って言えば、平和な一日。
塚ポンにチョコレートをやったら、やけにはしゃいじゃって大変だった。それでもって、「先生、一組ってやけに静かにやるんですよ。」『あん？』「プリント配るでしょう。それ、みんなちゃんとやるんだもの。」『なーに、それ普通でしょうよ。』「いーえー。他のクラスなんて、やりゃあしませんよー。」『うふふふ。一組は頭脳集団だからねぇ……』「ホント、凄いですよ。」一組の副担、塚ポンで本当によかったと思う。頭はいいし、可愛い目をしているし。第一、一番仕事をしてくれたからね。塚ポンには感謝、感謝だ。

卒業式

きっと泣くだろうなあ。ワンワン泣いちゃったらどうしよう……。でも、今年は俺も五中を卒業していくから……。俺もみんなと同じように五中を出て行くから……カラッと笑って卒業したいね。爽やかに笑っていきたいね。春なんだから。希望あふれる春なんだから……

グッチーだぜ　ともや

編集後記

「ねえ、文集どうなってるの？」「三〇〇〇円かえせ！」などと、いろいろ耳に入ってきましたが、それが我が身にふりかかってこようとは、思ってもみませんでした。

卒業して、はや一年も経とうとした私の家のポストになにかゴッツい封筒が入っていて、「なんだこれは？」と思いつつ見てみると、『原稿、この中に入っています。よろしくお願いします。出来上がったら電話ください。』と、タカヤンのお言葉が書き残してありました。

涙を流して喜んでしまったのは言うまでもありません……。相変わらずの鮮やかな奇襲攻撃には参ってしまいますねえ。相手に有無を言わさず、押し付けてしまうなんて、凡人にはとうていできない技です。

元三年一組のみんなの原稿と、タカヤンがワープロで打った原稿を照らし合わせて読んでいるうちに、あるある、間違えてる字がウジャウジャ。タカヤンが焼酎片手にちょびちょび飲みながらワープロ打ってるのが目に浮かびます。ワープロ打つ時は、お酒やめましょうね。編集する身にもなってください。可哀そうな、あ・た・し。

兎に角、意味不明の表現や、無理矢理、文をひきのばそうとしている努力を修正なしで読ませて頂いて、本当に楽しませてもらいました。

今、高校に通っている私には、クラスの中に「こんなに男子がいたなんて、信じられなーい。」と半分、恐る恐るページをめくっていました。

フッと「一番最後の席ってどこだっけ？」と考えていたら、そうそう、私の隣が貴博。（貴博は引っ越しちゃったから、最後は私一人だけでした。）前がゆきみ、ゆきみのとなりが貴光という凄い席でしたねえ。なんだか不思議な気分になりました。

「懐かしい」というか、もう殆ど「思い出」になってしまっているんです。「たった一年なのに……」と、ボ～っとしてしまいました。私はタカヤンから巣立っていったんだなぁ～、と一人心地に思ってしまいました。(いいじゃない。終わりくらいクサくしたって……元三年一組は、タカヤンクラスは〝クサい青春ドラマ〟がモットーなんだから。)

編集をさせていただいた、「まぼろしの学級委員」です。
新座市立第五中学校　三年一組　1987年3月卒業　1988年　○月○日　発行

「まぼろしの学級委員」は恵理子だな。いやあ、この文集を見つけて読んだ時は大笑いしました。そして、恵理子に感謝の気持ちでいっぱいになったのです。恵理ちゃん、本当にありがとう!!

あとがき（2024年）

これが僕の人生の最初の三十三年間です。どうしようもない超悪ガキだった僕を愛してくれたのは二人の先生だけではありません。小中高大と僕はずっと先生に恵まれました。でも、何といっても一番愛してくれたのは父新太郎と母ひさ子でした。父新太郎は自分の詩集「三本の矢」の中で、僕ら三兄弟への愛をこう綴っています。
「お前たちは雑草の種だ　どんなことがあってもまいらない素質がある　現に都会で育っ

ても　蛇を手づかみ出来る野性味がある　その天性に信頼しろ」「そしてたくましく大きくなれ　一人あるきが出来るようになったら　お父ちゃんがお母ちゃんをめとったように一番可愛らしいと思った乙女にほれて　子どもを生ませろ　そして　夢をその子に伝えろ」

僕は新太郎の影響も強く受けていますが、もっと影響を受けているのが母ひさ子です。弱い者いじめをしない、人を国籍や学歴や職業や家柄や外見で見ないのは両親の教えですが、生き物を殺さない。それは間違いなく母ひさ子のＤＮＡです。小さい頃、庭にいた蟻をバットで潰していたら、「とんちゃんが蟻さんだった、どんな気がする？」とひさ子は幼い僕の目を見ながら、そう言いました。それから僕は虫を殺せなくなりました。どうしても虫の気持ちになってしまうのです。蛙は解剖しましたが、その命は「頂きます」と食べさせてもらったので、大丈夫でしょう。そして、何かが上手くいかなかったとき、どん底を味わったとき、「朋矢が何をやっても、お母さんだけは朋矢の味方だからね」そう言ってくれた母の言葉を思い出すのです。僕はその言葉と同じ言葉を沢山の教え子達に言ってきた気がします。

僕は向後美佐子と河合隆慶、そして父新太郎と母ひさ子が僕に伝えてくれたことを子ども達に伝えてきただけなのかも知れません。どんなときでも僕の心の中には常に向後美佐子がいて、河合隆慶がいて、髙邑新太郎と髙邑ひさ子がいたのです。僕の初めての本「先生の目」をこの四人と、五中で僕を愛してくれた神宮司久子と甲神品の二人に。そして、小さい頃からずっと、僕を可愛がってくれた叔父の高邑猛と僕が愛した沢山の教え子達に捧げたいと思います。

あとがきのあとがき

ともや君へ。お便り「一生懸命」ありがとう。暑さにまけずがんばっていますね。本を出版するとか、おめでとう!! 是非、読ませてください。私の名前が出てくるとか、光栄ですがはずかしいです。

あの頃は自分の事で手一ぱいで、みなさんに何もしてあげられなかったと反省と後悔です。でも、あの頃の思い出はなつかしく、暖かく、楽しく、私の宝ものです。

教え子の中から、ともや君の様なすてきな先生が生まれたことは誇りです。ともや君の姿がいっぱいつまっていると思う本、たくさんの人に読んでほしいです。お体を大切にして、がんばってね!　向後　美佐子

あとがきのあとがきのあとがき

僕が六歳の時、美佐子先生は二十六歳。今でもお元気です。コロナの前に会いに行くと、本当に喜んでくれました。それからずっと、美佐子先生とは手紙のやり取りをしています。僕がこの本を出版すると言って手紙を書くと、いつものように可愛らしい葉書が届きました。美佐子先生の字を見る度に僕は心がポッカポカになります。このあとがきのあとがき

は愛する先生の僕への愛情のお裾分けです。今から六十三年前に素敵な担任と出会えた子どもが、今でも幸せなやりとりが出来てるって奇跡かも…いくつになっても、僕を見る美佐子先生の目は「先生の目」なのだと思うのです。僕も美佐子先生と同じ目で成長した教え子達を見ることができたら幸せです。そして、この本を読んだ若い先生やこれから教師を目指す若者たちが、何かヒントを掴んで「教師という仕事」を楽しんでくれたら最高に幸せです。同じことをやったら直ぐクビになりますから、あくまでもヒントですけれど…（笑）

著者プロフィール

たかやん

1954年2月11日、東京青山で生まれる。新宿区立西戸山幼稚園、小学校、中学校、都立石神井高校、北海道大学卒。1977年4月、新座市立第五中学校に赴任。21年間担任をするも「生徒と仲良くするな！」という管理職と激突。1998年3月、担任した3年生と一緒に中学校を卒業。カナダ・アメリカから帰国後、10月「たかやん塾」を開校。2004年「教育は愛だ！」を掲げて新座市議会議員となり、「一生懸命」という学級通信と同じ名前の議会報告を18年間駅で配布し続け、「塾」と「議会」の二刀流を楽しんでいる。詳しくはHP「たかやんの応援団」をご覧ください。

先生の目

2025年３月15日　初版第１刷発行

著　者　たかやん
発行者　瓜谷 綱延
発行所　株式会社文芸社
〒160-0022　東京都新宿区新宿１－10－１
電話　03-5369-3060（代表）
03-5369-2299（販売）

印　刷　株式会社文芸社
製本所　株式会社MOTOMURA

ISBN978-4-286-25948-2